国学经典

中华成语故事

深厚的历史背景和丰富的文化内涵

宋 涛/主编

辽海出版社

【 第三卷 】

《中华成语故事》编委会

目 录

鹅行鸭步

　　典出《水浒》等三十二回：军卒见轿夫走得快，便说道："你两个闲常在镇上抬轿时，只是鹅行鸭步，如今却怎地这等走的快？"那两个轿夫说："本是走不动，背后好像有人在打我们一样，所以就跑得快了。"

　　腊月初，山东清风寨知寨刘高的夫人坐着一乘大轿，身边带着七八名军卒，前去化纸上坟。一行人路过清风山时，被占山的王矮虎赶散军卒，将那知寨夫人捉上山去。此时，宋江正在清风山上，得知此事便来说情，要王矮虎放走刘高夫人。清风山头领燕顺、郑天寿碍于宋江的情面，不管王矮虎愿意不愿意，喝令轿夫抬下山去。那妇人听了这话，插烛也似地拜谢宋江，一口一声叫道："谢大王！"两轿夫心内害怕，抬着那妇人飞也似的奔下山去。

　　当那妇人被捉后，几个被赶散军卒没命地跑回去报告知寨刘高。刘高听了大发雷霆，怒骂那些军卒，并用大棍狠打那些军卒，还声嘶力竭地吼道："如果不把夫人夺回来，统统下牢问罪。"那几个军卒无可奈何，只得央求本寨军兵七八十人，各执枪棒，尽力去夺。不想来到半路，正撞着两个轿夫抬着知寨夫人飞快地来了。众军卒接着了夫人，问道："你们怎地能够下山？"那妇人撒谎道："他们见我说出是刘知寨夫人，吓得慌忙下拜，赶快叫轿夫送我下山。"众军

鹅行鸭步

卒簇拥着轿子便回。军卒见轿夫走得快，便说道："你两个闲常在镇上抬轿时，只是鹅行鸭步，如今却怎地这等走的快？"那两个轿夫说："本是走不动，背后好象有人在打我们一样，所以就跑得快了。"

后人用"鹅行鸭步"（像鹅和鸭子走路）来形容行走迟缓、摇摇摆摆。

返老还童

典出晋葛洪《神仙传》。

汉朝时候，有一位淮南王刘安，他虽然居高官，封王爵，但是还有一种非分的妄想，常常希望自己永远不死。听说有一种仙人，是永远长生的，刘安便千方百计去研究和祈求做成神仙的方法。一天，有8个老人去访刘安，自称是神仙。刘安的门人，一向是趾高气扬，见这8位老人，都是须眉皆白，老态龙钟，门人便拒绝通报，并说道："人家说神仙是不会老、不会死、永远是青春的，你们却老得这样可怜，可见不是神仙，我看是骗子也说不定呢！"8位老人听说，都哈哈地笑起来，说："你不高兴我们老吗？这容易得很，我们是可以马上返老还童，变成小孩子的。"说罢，8个老人皆转过脸来，不消一刻，都变做8个小孩子了，门人大惊，认为真是神仙，便给他们去通报。这便是"返老还童"一语的来历。

后人常用"返老还童"形容由衰老恢复青春。

蜂目豺声

典出《左传》文公元年：蜂目而豺声，忍人也。又见《晋书·王敦传》：洗马潘滔见敦而目之曰：处仲（王敦的字）蜂目已露，但豺声未振；若不噬人，亦当为人所噬。

春秋时，楚成王准备立他的大儿子商臣为太子，征求令尹（掌军政大权的最高官员）子上的意见。子上说："大王现在还年轻，爱子之情并不专一，这么早就立商臣为太子，将来有了小儿子，爱子之心转移了，再将商臣废掉，容易发生变乱。就我们楚国来说，历代继承王位的都是君王的小儿子。况且商臣的眼睛长得像蜂目一样，说话时声音像狼叫一般难听，这种人是最凶残的，如果立他为太子，可能要出大乱子，还是不立为好。"

楚王没有听从子上的劝告，立了商臣为太子。后来，楚王又爱上了小儿子职，想废掉商臣立子职为太子。商臣和他的老师潘崇合谋领兵作乱，逼死了楚成王，自立为王，就是后来的楚穆王。

后人用"蜂目豺声"这个典故比喻恶人的声音容貌。

龟支床足

典出《史记·龟策列传》：南方老人用龟支床足，行二十余岁，老人死，移床，龟尚生不死。

相传在古代，南方有位老人用活的乌龟垫床脚。过了 20 多年，老人死了，家里人移动床的时候，用来垫床脚的乌龟居然还活着。

"龟支床足"就是从这个故事来的。人们认为乌龟能行气导引，对人长寿有利。所以，后来用"龟支床足"比喻人虽老但身体还健康。

龟支床足

汗流浃背

典出《后汉书·伏皇后纪》：操（曹操）出顾左右，汗流浃背。

东汉末年，由于汉献帝软弱无能，曹操掌握了军政大权。建安元年（196年），曹操把汉献帝迎往许昌，自己当了大将军及丞相，常常"挟天子以令诸侯"。当时，有个叫赵彦的议郎，是汉献帝亲信的谋臣，常给献帝出谋划策，因而遭到了曹操的忌恨，后来竟把赵彦杀了。献帝对曹操的这一暴行很气愤。有一次，曹操去朝见献帝，献帝警告他说："你如果愿意辅助我，就忠厚一点，如果不愿意，就离开我。"曹操听了以后心里十分惊疑，曹操从献帝那里走出来，再回头看看，汗水都湿透了脊背，此后很久没有上朝。

"汗流浃背"原来形容万分恐惧或惭愧。现在常用来形容满身大汗。

轰轰烈烈

典出宋文天祥《沁园春·至元间留燕山作》：人生翕云亡，好烈烈轰轰做一场。

"轰轰烈烈"原来是由"轰轰"和"烈烈"两个词组成的。"轰轰"形容车马众多之声，也形容各种爆发的巨响，有声势浩大的意思。晋朝大学问家左思在他著名的《三都赋》之一的《蜀都赋》中，曾有"车马雷骇，轰轰阗阗"的句子，这正是"轰轰"这个词的本义，意思是：车马众多，声震如雷。阗阗：指很多人行路的声音：车声、雷声、崩裂声；总之是声音盛大的意思。"烈烈"：一般用以形容猛火燃炽、火焰旺盛、火光灿烂的样子。早在《诗经·商颂·长发》篇中便有"如火烈烈"的句子。

"轰轰""烈烈"两个词之所以能联用在一起，不是偶然的；因为"轰轰"和"烈烈"都带有盛大、壮丽和威武的意思。宋朝文天祥在为唐代骂贼不屈而死的忠臣张巡庙所题的"沁园春"词中，有"骂贼张巡，同心许远，皆得声名万古香。后来者，无二公之节，百炼之钢。人生翕云亡，好烈烈轰轰做一场。使当时卖国，甘心降虏，受人唾骂，安得留芳？……"在这首词中，"烈烈轰轰"是文天祥对于张巡（以及许远）的威武不屈的正气的歌颂，也是文天祥自己的刚正光明、烈火似的民族情操的流露。

后人用"轰轰烈烈"形容声势浩大，气象雄伟。

弱不胜衣

典出《红楼梦》第三回：身体面貌虽弱不胜衣，却有一段风流姿态。

黛玉的母亲去世以后，贾母念她孤苦伶仃，便把她接进京来，和她一起生活。

黛玉来到外祖母这儿，刚进房门，只见两个人扶着一位鬓发如银的老母迎来，黛玉知是外祖母了，正想下拜，早被外祖母抱着，搂入怀中，"心肝儿肉"地叫着大哭了起来；在场侍立的人，没有一个不跟着流泪的，黛玉也哭个不休。经众人慢慢劝解，黛玉才得拜见外祖母。众人见黛玉年纪虽小，举止言谈却不俗；身体面貌虽弱不胜衣，却有一段风流姿态。众人见她体弱，知她有不足之症，便问："常服何药？为何不治好了？"黛玉道："我自来如此。从会吃饭时便吃药，到如今了，经过多少名医，总未见效……如今还是吃人参养荣丸。"贾母听了便说："这正好，我这里正配丸药呢，叫他们多配一料就是了。"

故事中的"弱不胜衣"是形容黛玉瘦弱得似乎连衣服都承受不起。

后人用"弱不胜衣"来泛指身体虚弱。这是一种夸张的说法。

挥汗如雨

典出《战国策·齐第一》：临淄之途，车毂击，人肩摩，连衽成帷，举袂成幕，挥汗成雨。

《晏子春秋·杂下》：张袂成荫，挥汗成雨，比肩继踵。

春秋时代有个人名叫晏子，是齐国的相国。他很有才干，能言善辩，聪敏过人。

有一次，齐王派晏子出使楚国。因他是一个矮个儿，楚人想戏弄他，便在大门旁边另开了一个小门，让晏子从小门里进出。晏子见状偏不进去。他说："出使狗国的人，才从狗洞进出；今天，我是到你们楚国来，不应该从这道门进去。"楚国人无话可说，只好让他从大门进去。

晏子见到了楚王，楚王又想戏弄他，便问："齐国没有人吗？"晏子回答说："临淄三百间那里的人们'张袂成荫，挥汗成雨，比肩继踵'（意思是：他们挥一下衣袖，就会使大地成荫；他们挥一下额上的汗，就像天下雨一样；一到街上，人们就肩碰着肩，脚跟着脚），为什么没有人呢？"楚王说："既然如此，为什么要派你来当使者呢？"晏子严肃地回答说："我们齐国派使者的原则是：按其好坏，各有所用。好的使者就派往好的国家，

挥汗如雨

不好的使者就派往不好的国家。我是最不好的使者，就派到你们楚国来了。"楚王听了感到哭笑不得。尽管如此，他还是想再戏弄晏子一次。

有一天，楚王大办筵席，招待晏子。等他喝酒喝得快醉了的时候，有两个差役绑着一个人从楚王面前走过。楚王故意问道："绑着的人是干什么的？"那差役故意大声说："齐国人，做贼的。"楚王也斜着眼睛看了晏子一眼说："齐国人原来惯于偷东西吗？"晏子严肃而郑重地说："我曾经听说：'橘子生在淮南是橘子，生在淮北就变为枳了。叶子虽很相似，但味道却很不相同。其所以如此，那是因为水土不同的缘故。'这个人生在齐国不偷东西，到了楚国就偷东西，这正是楚国的水土使他偷东西的嘛。"楚王听了晏子的回答，不知如何对待才是，只得苦笑着自言自语地低声说："圣人是不能同他开玩笑的，我算自讨没趣了。"

后人用"挥汗如雨"来形容天气太热，流汗甚多。

魂飞魄散

典出《元曲选·百花亭》：可正是船到江心补漏迟，只看我魄散魂飞。我则索向前来陪着笑颜卖查梨。

北宋时河南洛阳有个贺妈妈，她生了个女儿名叫贺怜怜。怜怜成人之后，长得俊秀，聪敏过人。

有一年清明时节，母女俩出外踏青，在百花亭与汴梁才子王涣邂逅。两人相遇，一见倾心，就订为婚姻。

不久，王涣来到贺家与贺怜怜结为亲眷。常言道：久住令人贱，贫来亲也疏。贺妈妈见王涣久住家中，又是一个穷秀才，便把王涣驱逐出门，并将其女怜怜另嫁给种师道手下一个军需官高常彬。从此，贺怜怜被高常彬关在承天寺内，不得与王涣相见。王涣与怜怜情意缠绵，怎忍分离！王涣为了见到怜怜，只得扮作卖查梨的混进承天寺。两人相见，倾诉衷肠，谈得格外亲热。正在这时，高常彬回来了，丫鬟连忙报知怜怜。王涣听说高常彬回来了，不觉大吃一惊道："是得手忙脚乱紧收拾，意急心慌没整理。"高常彬闻声则问："谁人在此，好无礼呀！"王涣心想："可正是船到江心补漏迟，只看我魄散魂飞。我则索向前来陪着笑颜卖查梨。"他打定主意，连忙高声叫道："卖查梨啊！"高常彬醉意蒙眬地吆喝道："滚出去！老子不买查梨条。"

魂飞魄散

高常彬因喝醉了酒，没有注意到王涣便休息去了。怜怜趁机给了王涣盘缠，叫他往延安府投托经略麾下，建立功勋，以遂平生之志。王涣连忙向怜怜道谢，并说："决不辜负所望。"

王涣到了延安，受到了征马步禁军都元帅种师道的赏识，并立了战功。他依照怜怜的临别之言，上告高常彬盗用官钱，强取民妻。种师道立即把高常彬捉拿归案，把怜怜判归了王涣，使其夫妇团圆。

后人把"魄散魂飞"说成"魂飞魄散"，用来形容惊恐万状，不知如何是好。有时也形容受到极大诱惑而不能自持。

埘间乞余

典出《孟子·离娄下》。

战国时，有一个齐国人，家里很穷，可是他娶了一妻一妾，还经常在外面喝得醉醺醺的。妻妾问他上哪儿去了，他今天说某富人请他，明天说某贵人请他。

时间一长，妻妾都有点怀疑：丈夫总是说富贵人请他，可怎么没见一个阔绰的客人上门来找他呢？为弄清真相，她们决定跟着丈夫去看个究竟。

有一天，一大早丈夫就出去了。他的妻子尾随在后面。走了好长时间，只见丈夫往一处坟地走去。在那里，他向人乞讨一些祭奠用的酒菜，吃完抹抹嘴又向另一处坟地走去。

妻子见到了这种情景非常伤心。回到家里，把丈夫的丑行告诉了妾。两人心想，丈夫是终身的依靠，摊了这么个丈夫，真

埔间乞余

倒霉透了。想到这里，相对哭泣起来。正在这时，丈夫回来了。他不知道她们为何伤心，抹抹刚吃完酒菜的油嘴，呵斥妻妾说："你们哭什么？有我这样的丈夫，你们难道还不满意吗？"

后人用"埔间乞余"形容打肿脸充胖子的无耻作风，讽刺那些追求富贵利禄的人，一面乞食，一面洋洋得意，而且瞧不起比自己地位低的人。

金刚怒目

典出《太平广记》卷一七四引《谈薮》：金刚何为怒目？菩萨何为低眉？金刚怒目，所以降伏四魔；菩萨低眉，所以慈悲六道。

隋朝的吏部侍郎薛道衡，喜好游历名胜古迹。有一次，他去钟山游览，

中华成语故事

金刚怒目

但见群峰山岩，虎踞龙盘，气势雄伟。薛道衡观了山，赏了景，又到了古寺参观。当他走到开善寺外面时，只见浓荫掩映，寺壁辉煌。进入寺内，金刚、菩萨跃入眼帘：有的低眉，有的怒目，千种姿态，万种神情。薛道衡潜心观赏，越看越觉有趣，越看越想弄清究竟。他走近一个小和尚身旁问道："金刚何为怒目？菩萨何为低眉？"（意思是：金刚为什么怒目而视？菩萨为什么低着眉头？）

小和尚毫不迟疑地回答道："金刚之所以怒目而视，是为了使魔鬼降伏；菩萨之所以低着眉头，是为了对众生世界显其慈悲。"薛道衡听了感到有些失望，默然而去。

后人用"金刚怒目"来形容面目威猛可畏。

惊心动魄

典出晋·王嘉《拾遗记·周灵王》：窃窥者莫不动心惊魂，谓之神人。又见南朝·梁·钟嵘《诗品》卷上：文温以丽，意悲而远，惊心动魄，可谓几乎一字千金。

越国想灭吴国，便搜集了天下的奇珍异宝、珍馐美味献给吴王，又把江南万户百姓送到吴国去当仆人，同时还把西施、郑旦两位美人献给吴王。吴王把这两个美人安置在椒房之内。两个美人当窗并坐，对镜理装之时，窃窥者莫不动心惊魂，谓之神人。（意思是：凡是偷看西施、郑旦的人，没有一个不为之动心，无不为之神魂颠倒，都称两个美人是神仙。）至于吴王，他全被这两个美女迷住了，整天和她们一起作乐，不管国家大事。直到越国军队攻入吴国，吴王才带着西施和郑旦狼狈逃跑。

这里的"动心惊魂"是形容西施、郑旦美丽异常，诱人极深，使人神魂为之震动。钟嵘在《诗品》中则把"动心惊魂"说成"惊心动魄"，用来形容文字之美，动人心弦。如：惊心动魄，可谓几乎一字千金。

后人用"惊心动魄"来形容感受很深，震动很大。

举袂成幕

典出《战国策·齐策一》：苏秦为赵合纵，说齐宣王曰："齐南有太山，东有琅玡，西有清河，北有渤海，此所谓四塞之国也。齐地方二千里，带甲数十万，粟如丘山。齐车之良，五家之兵，疾如锥矢，战如雷电，解如风雨，即有军役，未尝倍太山、绝清河、涉渤海也。临淄之中七万户，臣窃度之，不下户三男子，三七二十一万，不待发于远县，而临淄之卒，固以二十一万矣。临淄甚富而实，其民无不吹竽、鼓瑟、击筑、弹琴、斗鸡、走犬、六博、蹴鞠者；临淄之途，车毂击，人肩摩，连衽成帷，举袂成幕，挥汗成雨；家敦而富，志高而扬。夫以大王之贤与齐之强，天下不能当，今乃西面事秦，窃为大王羞之。"

战国时期，洛阳有一个能说会道的人，名叫苏秦。当初，他劝说秦惠王吞并天下，其意见没有被采纳。后来，他游说燕、赵、韩、魏、齐、楚六国，联合起来对抗秦国，即所谓"合纵"。苏秦身挂六国相印，称为纵约之长，很是神气。

有一次，苏秦受赵国之托，劝说齐国与赵国联合起来。他对齐宣王说："齐国南面有泰山，东面有琅玡山，西面有济水，北面有渤海，这就是人们所说的四面都有险阻的国家。齐国的土地方圆 2000 里，披甲的士兵几十万，粮草堆积如山。齐国有精良的战车，又得到五国军队的支持，军队行动起来像锥矢一样锐不可当，打起仗来如雷电一般猛烈有力，军队后撤如风雨一样神速迅疾。即使敌军入侵，也不可能跨过泰山穿过济水，横渡渤海。齐国都城临淄有 7 万户人家，我粗略计算，每户不少于 3 个男子，三七二十一，共有 21 万丁男。不用征召远县的兵丁，仅临淄的士卒，已达 21 万了。临淄这个地方殷实富有，这里的民众都会吹竽、鼓瑟、击筑、弹琴、斗鸡、赛狗、下棋、踢球。通往临淄的道路上，车辆很多，互相碰撞；人流如潮，人肩互相摩擦，如果把人们的衣襟连结起来可以构成帷幔；人们举起衣袖可以形成帐幕；人们挥一把汗，如同下雨一般。可以说家家富足，人人志气高扬。凭大王的贤明和齐国的强盛，天下诸侯都不敢与之对抗。如今你却要向西而拜，侍奉秦国，我替大王感到羞愧。"

"举袂成幕"就是从这个故事来的。它的意思是说，人们举起衣袖可以组成帐幕。用来比喻人多。

"连衽成帷"也是从这个故事来的。它的意思是说，人们连起衣襟可以组成帷幔。用来比喻人多。

乐不可支

典出《后汉书·张堪列传》：捕击奸猾，赏罚必信，吏民皆乐用。匈奴皆乐为用。匈奴尝以万骑入渔阳，堪率数千骑奔击，大破之，郡界以静。乃于狐奴开稻田八千余顷，劝民耕种，以致殷富。百姓歌曰："桑无附枝，麦穗两歧。张君为政，乐不可支。"视事八年，匈奴不敢犯塞。

刘秀称帝，建立了东汉，当时公孙述也在西蜀自称皇帝，刘秀派大司马吴汉率军前去讨伐，张堪被任命为蜀郡太守，跟吴汉一同出征。

吴汉的军队走了许多天，军粮补充不够及时，赶到蜀郡时，军粮只够吃7天了。吴汉担心断粮，不能打败公孙述，便想逃跑。于是派军士暗中准备船只，想从江上逃走。张堪听到风声，急忙去见吴汉，对他说："将军万万不可以走，胜利就在眼前。公孙述目前已是瓮中之鳖，只要我们坚持住，一定能打败他！"吴汉被他说服了，听从了他的计谋，使用少数兵马向公孙述挑战。公孙述亲自出城应战，战不到几个回合，就被汉军刺死在城下。吴汉和张堪顺利地攻入成都。

张堪是一个品行高尚、办事公正的人，自幼熟读经史，德行出众，曾有"圣童"的美称。他进入成都后，查点府库，封存珍宝，一件件地登记造册。然后报告给光武皇帝刘秀。他自己和部下对官府和百姓的财产秋毫无犯，成都的百姓对他的清廉十分称赞。

张堪做了太守后，被任命为骑都尉，领兵击退匈奴的进犯。不久他又做了渔阳太守。他认真管理郡内的官吏，打击贪官污吏，奖赏有官兵，又在狐奴地区开垦稻田 8000 顷，鼓励百姓耕种。不长时间内，百姓富足，郡内安定，军民都很快活。他在渔阳做了 8 年太守，郡内没有发生一次动乱，匈奴也不敢再来侵扰。渔阳的百姓对太守非常敬仰，编了一首民谣颂扬他。

> 桑无附枝，麦穗两歧。

> 张君为政，乐不可支。

后来人们用"乐不可支"形容快乐到极点。

慷慨激昂

典出《史记·刺客列传》：太子及宾客知其事者，皆白衣冠以送之。至易水之上，既祖，取道，高渐离击筑，荆轲和而歌，为变徵之声，士皆垂泪涕泣。又前而歌曰："风萧萧兮易水寒，壮士一去兮不复还！"复为羽声慷慨。士皆瞋目，发尽上指冠。于是荆轲就车而去，终已不顾。

战国时燕国的太子丹，曾被扣在秦国为人质，后来退回来，见秦国有并吞六国的野心，当秦军靠近易水，逼临燕国边境时，他很忧愁，设法请了一位

慷慨激昂

勇士去刺杀秦王。那个勇士名叫荆轲，太子丹待他非常恭敬，天天去问候他，衣食行，只要荆轲欢喜的，他总设法供给。

荆轲受着燕太子丹的优待，很久都没有想到秦国去的意思，太子心里非常着急，想他早点去，荆轲因为要等一个人，所以没有出发。后来燕太子实在急了，荆轲才物色了一把很锋利的匕首出发了。荆轲出发的时候，燕太子和他的臣子，都穿了白衣服去送行。到了易水上边，将要渡河时，高渐离敲着筑，荆轲唱着歌，声音非常悲哀；一般勇士都流着眼泪，歌唱着"风萧萧兮易水寒，壮士一去兮不复还。"歌声慷慨而激昂，壮士们的眼睛都瞪得很大，头发也都竖起来。

又三国时曹操作短歌，也有"慨当以慷"的话。"慷慨激昂"是说一个人的言语举止，都是抱着英雄豪杰的气慨，不可一世的样子。使人见到或听到了，都很相信他，敬服他。

六神无主

典出清李伯元（李宝嘉）《官场现形记》第二回：到了晚上，这一夜更不曾睡觉，替他弄这样，弄那样，忙了个六神不安。

陕西朝邑县，有一家姓赵的，祖上世代务农。到了姓赵的爷爷手里，居然请了先生，教儿子读书，到他孙子赵温，忽然中了秀才。此后，姓赵的又送赵温去乡试，结果又中了举人。赵家上下，合家欢喜，整日大鱼大肉宴请亲朋乡邻，拜祭祖宗；从老到小，日夜忙碌，弄得筋疲力尽，人仰马翻。

六神无主

过了几天，上面又传下话来，叫新中的举人赵温，即日赴省填写亲供。当下，这爷儿三代又忙着准备上省的一切事宜。赵温的爷爷怕孙子年少，不知"亲供"怎样填写，赶忙请来中举多年的王举人给予教诲，并恳求王举人陪着孙子上省。为求吉利，取过日历本一看，选定十月十五这个百事皆宜的黄道吉日出行。这几天里，亲戚朋友又前来送礼饯行，好不热闹。

转眼之间，已到十月十四，赵温的爷爷、爸爸，忙了一天；到了晚上，这一夜更不曾睡觉，替他弄这样，弄那样，忙了个六神不安。十五一大早，王举人陪同赵温，骑上牲口，顺着大路，便向城中进发。

后人用"六神不安"或"六神无主"形容心慌意乱，不知所措。

龙骧虎步

典出《三国志·魏书·陈琳传》：琳谏（何）进曰："今将军总皇威，握兵要，龙骧虎步，高下在心，此犹鼓洪炉燎毛发耳。夫违经合道，天人所顺，而反委释利器，更征外助。大兵聚会，强者为雄，所谓倒持干戈；授人以柄，功必不成，舐为乱阶。"进不听。

东汉少帝光熹元年（189年），汉灵帝刘弘病死，太子刘辩继位，即汉少帝。当时，汉少帝只有14岁，由何太后临朝听政。太后的哥哥何进以大将军的身份辅佐朝政。何进联络袁绍、袁术等豪强，准备把宦官全都杀掉，并打算把董卓等驻在外地的将领召进京来，一起参与镇压。

主簿陈琳不同意。他劝谏何进说："如今您是大将军，皇家的威望集于一身，手握兵权，身居要职，如龙马高昂着头，似猛虎迈着雄健的步伐，本可以估量实情，采取适当的办法，这就像鼓洪炉烧毛发一样容易。诛杀宦官，不符合汉家以往的规矩，但是符合道义，上天和百姓都会赞成。而您却丢掉了最有力的武器，以求得到驻外将领的援助。各路大军聚会后，强者就是霸主，这就会造成阵前倒戈、授人以柄的被动局面，必定不会成功，只会造成祸乱的根基。"可是，何进不肯听从陈琳的劝告。

何进听不进陈琳、曹操等人的意见，派人去召董卓。事不机密，走漏了消息，宦官张让等抢先下

龙骧虎步

手，杀死何进。袁绍、袁术又杀死宦官2000多人。在一片混乱中，董卓引军到达洛阳，纵兵劫掠，肆意屠杀无辜。正如陈琳所断言，更大的祸乱开始了。

"龙骧虎步"就是从这个故事来的。骧：马首昂举的样子，古代称骏马为"龙"。"龙骧虎步"的意思是，如骏马高昂着头，似老虎迈着雄健的步伐。用来比喻人高视阔步，气势威武。

慢条斯理

典出《儒林外史》第一回：老爷亲自在这里传你家儿子说话，怎的慢条斯理。

《儒林外史》是清代吴敬梓写的一部长篇讽刺小说。它通过生动的艺术形象，反映了封建社会末期腐朽黑暗的社会现象，批判了八股科举制度，揭露和批判了程朱理学和孔孟之道。

在这部小说的第一回"说楔子敷陈大义，借名流隐括全文"中说到这样一段故事：有一个叫王冕的放牛娃，天性聪明，天文、地理无不通晓，特别是画得一手好画。他画的荷花，就像才从湖里摘下来贴在纸上一样。因此，王冕的名字全县无人不知，无人不晓。但是，王冕既不求官爵，又不结交朋友，终日里在家闭门读书。

有一天，官府的一个差役奉了县太爷之命来找王冕画20幅花卉册页（装裱成册的单页小件字画）送给上司，王冕推辞不过，答应了。画好以后，知县发送给王冕一些银子并约见王冕。王冕不肯赴约，知县只好亲自来请。知县带着一班人马来到王冕家门口，见大门关着，敲了半天，出来一位老太太，不慌不忙地说："我儿子不在家。"官府的差役见老太太怠慢了知县，说："县大老爷亲自来传你儿子说话，你怎么这么慢条斯理的！快说，你儿子到哪里去了，我好去传。"

后人用"慢条斯理"的这个典故比喻说话做事慢慢腾腾。

门庭若市

典出《战国策·齐策》：令初下，群臣进谏，门庭若市。

齐国大夫邹忌长得很英俊。有一天早晨，他穿戴完毕，对着镜子照了一会，问他的妻子道："我跟城北徐公比哪一个漂亮？"他妻子道："你漂亮极了，徐公怎能比得上你呀！"原来徐公是齐国著名的美男子，邹忌可有点不相信自己，又去问他的爱妾，可是他的爱妾也是这么说："徐公怎么比得上你呀！"第二天，来了一位客人，邹忌请他坐了，在谈话间，邹忌又提出这问题，可是那位客人同样说："徐公哪像你这样漂亮啊！"过了一天，正好徐公到邹忌家来。邹忌仔细打量比较，知道自己的确不及徐公漂亮。那天晚上，他躺在床上想："我的妻子说我漂亮，是因为他偏爱我，我的妾说我漂亮，因为他惧怕我；我的朋友说我漂亮，是因为他有求于我。"

第二天，邹忌上朝见齐威王，将自己的想法和齐威王说了一遍，并从这件事情上联系到国家的政事，请齐威王要多听臣下的意见。齐威王连声说对。于是下令："无论朝廷大臣，地方官吏以及全国百姓，如果能够当面举出我的过失的，赐给上赏；能够上奏章规劝我的，赐给中赏；能够在朝廷里和街市上说我坏话，传到我耳中的，赐给下赏。"命令一下，群臣们都向齐威王提出各种规谏，一时川流不息，门庭若市。

门庭若市

这本来是记述邹忌用巧妙比喻规谏齐威王虚心接受别人意见的故事，可是后来人们根据进出规谏的人川流不息，引申出"门庭若市"这句话，用以形容那地方很热闹拥挤，来往的人很多。

中华成语故事

眉飞色舞

典出清李伯元（李宝嘉）《官场现形记》第一回：王乡绅一听这话，不禁眉飞色舞。

陕西同州府朝邑县城南 30 里有个赵老头儿，他的孙子赵温参加了乡试，中了举人，得意非凡。为了庆贺，当下便筹办酒席大宴宾客，拜祭宗祠。赵老头除请邻居、姻亲、族谊外，还特别请了见过一面的王乡绅。到了十月初三那一天，新中举人赵温及其爷爷、爸爸、叔叔、兄弟、亲邻一大串，来到祠堂拜祭。祭罢祠堂，众人坐等王乡绅到来好吃喜酒。可是左等右等不见人影，直到日偏西，王乡绅才姗姗而来。王乡绅一到，立即开席。出席作陪的有赵老头亲家的宾客王举人。王乡绅与王举人在酒席上叙谈起来，方知是本家。王举人比王乡绅小一辈，因此二人以叔侄相称。王乡绅酒到半酣，文思泉涌，议论风生，大谈学八股文章的苦处和妙用。他说："我 17 岁那年开笔做文章，老师要我读熟《制艺引全》。老师一天教我读半篇，因我记性不好，老是念不熟，为此，不知挨了多少打，罚了多少跪，到如今才掐得这两榜进士。唉！吃了多少苦，也还不算冤枉。"王举人听了，马上接口说："这才合了俗话说的一句话，叫做'吃得苦中苦，方为人上人'。你老人家有此阅历，所以讲得如此亲切。"王乡绅一听这话，不禁眉飞色舞，拍着王举人的肩头说："老侄，你能够说出这样的话来，你的文章也就着实有功力。……小子勉乎哉，小子勉乎哉！"说到这里，不觉闭着眼睛，摇头晃脑起来。

后人用"眉飞色舞"形容人非常高兴得意的神情。

美轮美奂

典出《礼记·檀弓下》：晋献文子成室，晋大夫发焉。张老曰："美哉轮焉，美哉奂焉。"

春秋时，晋国有个大夫叫赵武，是一个很精明能干的人。晋平公时被任为正卿（首要的执政者），由于他选用有道德有学问的人为国家做事，所以晋国的人都称赞他善于用人。他对外提倡礼义，各国都停止用兵，而和晋国友善起来。

有一次，他的新屋落成了，晋国的大夫都送礼祝贺。有个叫张老的人对赵武说："好极了，建筑多么高大宏伟啊！好极了，装饰多么美丽出众啊！"

赵武在晋国的地位和威望都很高，做大官的住高楼大厦本来也很平常，但由于他一向提倡礼义，崇尚朴素，一旦建造这么宏大的新居，又装饰得这么精致，这与他的言、行不相称，所以老张对他的贺词，实际上是含有讽刺的意思。

后来的人，将张老所说的话简化成"美轮美奂"一句成语，用来形容高大宏伟的建筑物。

面面相觑

典出《三国演义》第十一回：此时人困马乏，大家面面相觑，各欲逃生。又见《续传灯录·六海鹏禅师》：僧问："如何是大疑底人？"师曰："毕钵岩中面面相觑。"

三国时代，曹操率兵攻打徐州，吕布趁此机会攻占了曹操的兖州和濮阳。

曹操闻讯，急收军返回以保其家。

曹军日夜兼程来到濮阳，吕布引军与之大战。第一个回合，曹军大败，后退三四十里。部将于禁对曹操说："吕布的西寨兵卒不多，今夜可引军去袭击；如若得了此寨，布军必然恐惧。"曹操认为于禁说得有理，于是在当日黄昏时引军攻击；布兵不能抵挡，四散奔逃。曹操夺了西寨后不久，吕布派出的援军便到了，于是两军混战；将到天明，吕布亲自引军来到。曹操势单，只得后退，但往北走，被张辽、臧霸杀了过来；往西走，又有郝萌、曹性、成廉、宋宪四将拦住去路。在敌强我弱的情况下，众将死战，曹操当先冲杀，但箭如骤雨，无法前进。曹操无计可脱身，大叫："谁人救我！"叫声刚落，马军队里一将踊出，此将乃典韦也。典韦飞身下马，插住两戟，取短戟数十枝在手，对从人说：'"贼来十步乃呼我！"遂放开脚步，冒箭而行。当吕布的数十个骑兵追来，离典韦五步远时，典韦飞戟刺杀，一戟一人一马，无一虚发，立杀十数人，余众皆逃。典韦又飞身上马，挺一双大铁戟，冲杀前去。郝、曹、成、宋四将抵挡不住，各自逃去。典韦杀散敌军，救出曹操。正当他们寻路归寨时，背后喊声大作，吕布驱马提戟赶来；曹操"人困马乏，大家面面相觑"。曹操正慌乱的时候，援军来到，于是援军便截住吕布大战。两军斗到黄昏，大雨如注，乃各自收军。

后人用"面面相觑"（觑：看）形容做错了事或极惊慌时，不知如何是好的样子。

面无人色

典出《汉书·李广传》：匈奴左贤王以四万骑围广，广军皆恐……会暮，吏士无人色，而广意气自如。

西汉时，有一位能征善战的将军叫李广，陇西成纪（今甘肃秦安）人。

汉文帝时，他参加反击匈奴的战争，为郎、武骑常侍。景帝、武帝时，任陇西、北地等郡的太守。元光元年（公元前134年），为卫尉。后任右北平太守。由于李广的威名，匈奴数年不敢攻扰，人们称他为"飞将军"。

李广在前后40余年中，曾历任过7个郡的太守，朝廷有什么赏赐，他都分给部下。行军作战时，遇到水、粮不足，如果士兵不喝饱吃足，他照例是不争着吃、喝的，因此，深受士兵的爱戴。

元狩三年（公元前120年），李广率4000骑兵击匈奴，被匈奴左贤王以4万骑兵围住。士卒们十分恐惧，一个个面无人色，而李广神色自若。后经奋力作战，加上援军开到，方将匈奴兵击退。元狩四年（公元前119年），李广随大将军卫青攻匈奴，以失道被责，自杀身死。老百姓听到这个消息以后，认识不认识他的老老少少都为之垂泣。

后人从"吏士无人色"这句话中引申出"面无人色"这个典故，用来比喻极度惊惧。

摩肩接踵

典出《晏子春秋·内篇》：张袂成阴，挥汗成雨，比肩继踵而在，何为无人！

春秋末年，齐相晏婴出使楚国。这时齐国政治混乱，而楚国比较强大，所以楚王想借此机会羞辱晏婴一番。

楚王听说晏婴身材矮小，长相难看，就命令士兵在城门的旁边开个小门。晏婴来了后，士兵就领他从小门进城，并对晏婴说："听说你身材矮小，特意给你开了个小门。"晏婴坚决不进，说："这个小门像一个狗洞，如果出使狗国，自然应该从狗门进去。我现在出使的是楚国，不应该从这个门进去。"楚国接待宾客的官员只得改换道路，引他从大门进入。

晏婴在大殿中拜见了楚王，楚王傲慢地说："齐国真的缺乏人才吗？为什么派遣你这样难看的人来充当使臣呢！"晏婴神情自若地回答说："齐国国都人口众多，人们张开袖子，就可以遮住天上的太阳；洒下汗水，就会像雨一样，哗哗地落下。他们在大街上肩挨着肩，脚碰着脚，熙熙攘攘地生活在一起，怎么能说没有人呢？"（"张袂成阴，挥汗成雨，比肩继踵而在，何为无人！"）楚王说："那为什么派遣你来呢？"晏婴接着回答道："齐国有许多使者，各有各的任务：有才能的派他出使到英明的君主那里，没有才能的人派他到昏庸的君主那里。我晏婴无德无才，不出使楚国又出使哪一个国家呢？"

楚王听了，自讨个没趣，只好对晏婴以礼相待。

含义及用法："摩肩接踵"：肩挨着肩，脚接着脚，形容人多，拥挤；踵，脚跟。

目瞪口呆

典出《元曲选·赚蒯通》：项王见我气概威严，赐我酒一斗，生豚一肩，被我一啖而尽，吓得项王目瞪口呆，动弹不得，方才保得主公安全回还。

韩信被封为齐王以后，萧何觉得韩信兵权太大，恐日后夺取汉朝天下，于是找来樊哙，共商计策。萧何把他的担忧告诉了樊哙，并拍他的肩头说："朝内功臣虽然不少，但只有将军是天子的至亲，故请你来商量。"樊哙听了有些得意地说："丞相，想鸿门会上主公有难，某立破鸿门而入。项王见我气概威严，赐我酒一斗，生豚一肩，被我一啖而尽，吓得项王目瞪口呆，动弹不得，方才保得主公安全回还。"樊哙说到这里，十分气愤地说："韩信本是淮阴一饿夫，不料竟拜为帅！而今大事已定，可也罢了。那韩信手无缚鸡之力，有什么本事。何必我老樊动手。只差一两个能干的人，唤他来，咔嚓的一刀两段，便除了后来的祸患。"

后人用"目瞪口呆"来形容因吃惊或害怕而发愣。

平易近人

典出《史记·鲁周公世家》：鲁公伯禽之初受封之鲁，三年而后报政周公。周公曰："何迟也？"伯禽曰："变其俗，革其礼，丧三年然后除之，故迟。"太公亦封于齐，五月而报政周公。周公曰："何疾也？"曰："吾简其君臣礼，从其俗为也。"及后闻伯禽报政迟，乃叹曰："呜呼，鲁后世其北面事齐矣！夫政不简不易，民不有近；平易近民，民必归之。"

周公是西周时期的著名政治家，他的名字叫姬旦。他是周文王姬昌的儿子、周武王姬发的弟弟，因为采邑在周，所以称他"周公"。

周公辅佐周武王伐纣，灭掉了商殷；周武王死后，周成王年少，周公又代他摄政，亲自率领兵马东征，平定管叔、蔡叔的叛乱，而后又封邦建国，推行井田制，制定礼乐，建立各种典章制度，自己又注重礼贤下士，得到百姓拥护。

周公被封于曲阜为鲁公，但他没有去那里，仍旧留在都城辅佐王室。他派自己的大儿子伯禽接受封地，去曲阜为鲁公。

伯禽受封鲁地，去了3年以后才把那里的政治情况报告给周公。周公很不满意，就问他说："已经3年了，才告诉我鲁地的形势，为什么这样迟呀？！"

伯禽答道："我要改变那里的习俗，还要革新那里的礼法，花了3年时间才做完，所以来晚了！"

正巧这时姜尚也来报告齐地的情况。他受封于齐地，才过了5个月的时间，就来报告那里的政治形势。周公感到惊奇，便问他说：

"你怎么这样快就报告情况呀？难道齐地的政治已经整顿妥当了吗？"

姜尚泰然自若地说："是的，一切都安定了，我是简其君臣礼，从其俗为也。"

周公沉思了半晌，自言自语地说：

"唉，鲁的后世恐怕要败于齐了，齐地一定会胜过鲁地！政不简不行，不行不乐，不乐则不平易，不平易百姓就不归服。为政简易的，百姓必然亲近，百姓亲近、悦服才能强盛啊！"

成语"平易近人"即由该文中的"平易近民"演化而来。现在用它表示态度和蔼，使人容易亲近。

千金一笑

典出《东周列国志》第二回：幽王曰："爱卿一笑，百媚俱生，此虢石父之力也！"遂以千金赏之。

西周的最后一代帝王周幽王，是历史上有名的暴君，他宠信虢公、祭公、尹珠这3个奸臣。对忠良伯阳父、赵叔带、褒等疏而远之。赵叔带以三川枯竭、岐山崩溃为国家不祥之兆，要求周幽王勤政恤民，求贤辅国。幽王不但不听，反将赵叔驱逐出朝，永不任用。

大夫褒闻赵大夫被逐，急忙入朝进谏："大王不畏天变，黜逐贤臣，恐国本动摇，社稷难保。"幽王大怒，以褒有慢君之罪，下在狱中。

褒的儿子洪德，知道这个昏君江山坐不长久，而且也深知他酷好女色，遂在褒村买到了一个绝代佳人，取名褒姒，献与幽王，以赎父罪。

幽王一见褒姒，生得眉似春山，目如秋水，指排削玉，发挽乌云，可说是羞花闭月之容，倾国倾城之貌。幽王喜欢得张开大嘴合不拢来，即日纳入后宫，并传旨将褒开释。

这个褒姒也果然妖艳动人，周幽王把她放置在琼台之上，日夜追欢寻乐。

幽王的正妻申后，听说天子获得一个妖妃，不理国政，心中不免忧戚。太子宜臼见母亲泪流满面，常下询知情由，便借故来到琼台，乘父王不在时，把褒姒辱骂了一顿。幽王回来，褒姒便哭得像一株带雨梨花，使得幽王心都碎了。立即把儿子贬到他娘舅申侯的国中，严加管束。

不久，褒姒生了一个男孩，取名伯服，百般怂恿幽王，废宜臼为庶人，立伯服为太子，并将申后打入冷宫。

母以子贵，褒姒从妃嫔的身份，一跃而为正宫娘娘了。

褒娘娘虽然宠擅专房，但从未开颜一笑。幽王问："爱卿进宫以来，寡人从未见你一展欢颜，朝朝夕夕，召乐工鸣钟击鼓，品竹弹丝，你也全无悦色，究竟卿家所好何事？"

褒姒说："妾妃无他好，惟自喜闻手裂采绢之声，因其声清脆悦耳也。"

幽王遂即广取绸缎绫罗，派宫娥撕给褒姒听。褒姒虽然喜闻裂帛之声，但仍不笑。

幽王无奈，传下旨意："凡有人能致褒后一笑者，赏赐千金。"

虢公献计说："先王昔年因防御西戎入寇，曾在骊山之下，设有烽火台20所。如有贼寇进犯，就放起狼烟，直冲云天，附近诸侯，见烽火台起了狼烟，立即兴兵来救。今天下太平，烽火皆熄，大王何不携娘娘登骊山，举烽火，使各路诸侯见烽火而至，至则无寇，乘兴而来，败兴而返，娘娘必开颜一笑了。"

幽王拊掌大笑说："此计大妙！"即便照计而行。果然各路诸侯，见骊山烽火起来了，这是多年不曾有过的事情，连忙马不及鞍，人不及甲，匆匆兴兵驰至骊山。幽王这时正在山顶与褒姒设宴，饮酒作乐。褒姒见山下各路诸侯从四面八方跑得汗及重衾，来到山下，可是并无发生什么变故，大家都面面相觑，诧异不已。

幽王随即传旨："敬告各路诸侯，并无外寇侵犯，不劳诸公跋涉，请即回师。"大家懒洋洋地偃旗息鼓，各回本国去了。

褒姒见诸侯匆匆而来，匆匆而去，并无一事，觉得愚笨得可笑，果然开颜一笑了。

幽王说："爱卿一笑，百媚俱生，此虢公之妙计也。"乃赏赐虢公千金。

后来犬戎犯镐京，幽王再举烽火，诸侯仍以为戏，遂不至，西周乃亡。

后来用"千金一笑"比喻美人的笑容难得。

前倨后恭

典出《战国策·秦策一》：（苏秦）归至家，妻不下纴，嫂不为饮。……嫂蛇行匍伏，四拜自跪而谢。苏秦曰："嫂何前倨而后卑也？"

战国时代，苏秦到秦国游说，劝秦惠王实行连横的策略。苏秦的意见没被秦王采纳，做不了官，只好垂头丧气地回到洛阳老家。当他走进家门的时候，家里的人都瞧不起他。妻子坐在织布机上不理睬他。嫂嫂不给他做饭，就连他的父母也不愿同他讲话。

过了一年，苏秦又到赵国去见赵王，献合纵之策。苏秦主张赵国联合齐、楚、燕、韩、魏等国共同对付日益强大的秦国。赵王认为他这个策略很好，便封他为武安君，拜他做相国。

苏秦做了大官之后，路过洛阳，他父母得到消息，到城外30里的地方去迎接他。他的妻子吓得恭恭敬敬地站在一边，"侧目而视，倾耳而听。"（斜着眼看苏秦，侧着耳朵听苏秦讲话，不敢正视苏秦。）他的嫂嫂则跪拜在地，十分谦恭地迎接苏秦。苏秦见嫂嫂这样谦恭，就笑着说："嫂何前倨后卑也"（意思是：嫂嫂为什么以前那样怠慢我，今天却对我如此恭敬呢？）

后人用"前倨后恭"形容对人先傲慢后又恭敬。

犬牙交错

典出《汉书·中山靖王刘胜传》：广封连城，犬牙相错者，为盘石宗也。

汉高帝刘邦为了巩固刘氏的天下，把分封到各地的一些外族王侯全部消灭，而把自己的儿子、侄子、弟弟等封到各地为王，各霸一方。

但是传到汉景帝的时候，这些同姓王的势力就强大起来了，一个个野心勃勃地想篡夺帝位。当时以南方吴王刘濞为首，7个王侯联合起来搞了一次大叛乱。幸亏汉景帝的大将周亚夫英勇多智，才把这次叛乱镇压下去，但是汉景帝并没有接受教训，他又封自己的许多儿子为王。

到了汉武帝继位的时候，这些王侯势力又强大起来，大臣们担心他们会和以前一样搞叛乱，就向汉武帝揭发这些王侯的罪状，并建议武帝削弱他们的势力。这些王侯知道后，感到十分恼火，就扬言：我们"诸侯王自以骨肉至亲……广封连城，犬牙相错者，为盘石宗也。"（意思是：诸侯王自然是刘家的骨肉至亲，高帝之所以普遍分给他们很宽的地方，让他们的疆土像狗牙那样交错不齐地连在一起，是为了使刘家的天下安如磐石。）

后人把"犬牙相错"说成"犬牙交错"，用来形容交界线很曲折，就像狗牙那样参差不齐。也用来比喻错综复杂的情况或双方力量对比互有长短。

山简倒载

典出《晋书·山简传》：于时四方寇乱，天下分崩，王威不振，朝野危惧。简优游卒岁，唯酒是耽。诸习氏，荆土豪族，有佳园池，简每出嬉游，多之池上，置酒辄醉，名之曰高阳池。时有童儿歌曰："山公出何许，往至高阳池。

日夕倒载归，茗扶无所知。时时能骑马，倒署白接离罳。举鞭问葛强：'何如并州？'"强家在并州，简爱将也。

山简（253—312年），晋代河内怀县人，字伯伦，是晋武帝（司马炎）时期的吏部尚书山涛的小儿子。山简性情温文尔雅，颇有父亲的韬光养晦之风。他30多岁了，可他父亲山涛并不了解自己的儿子。山简叹息说："我都快30岁了，却不被家父所了解！"永嘉三年（309年），晋怀帝（司马炽）任他为征南将军，镇守襄阳。

当时，社会秩序混乱，寇贼四起，天下分崩离析，王室威信扫地，朝野上下忧心忡忡。山简终年优哉游哉，唯独喜好喝酒。荆州豪强习氏有一个绝佳的园池，山简经常到这里嬉戏纵饮。每次出游，山简大都到园池中来，摆下酒宴，喝得大醉，他把这个园池称作高阳池。当时，儿童们编了一个歌谣，唱道："山公（山简）出游到哪里？来到心爱的高阳池。日暮醉倒乘车回，酩酊大醉神思迷。醉后经常能骑马，头上倒戴一白帽。扬鞭问葛强：'同并州健儿相比，你看我怎么样？'"葛强家住并州，是山简手下的爱将。

"山简倒载"这一典故就是从这个故事演化而来的。它的本来意思是说，山简醉后倒卧，乘车而归。后来，人们用"山简倒载"或"高阳池"形容醉酒以及醉后狂放不羁的样子。

失魂落魄

典出《官场现形记》：尹子崇虽然也同他周旋，毕竟是贼人胆虚，终不免失魂落魄，张皇无措。

尹子崇因为偷卖矿产被人告发，官府要捉拿，他逃回家中躲藏。一天，本乡知县老爷突然来到尹家，尹子崇吃惊不小，硬着头皮出来相见。那知县是个老滑头，本来是抓尹子崇到县衙的，他却笑嘻嘻地一面作揖，一面寒暄："哈哈，兄弟直到今日才听说你回府，没有及时来请安，抱歉之至！"尹子崇虽然也同他周旋，毕竟是贼人胆虚，终不免失魂落魄，慌张无措，一时连礼节都忘记了。自己坐到客人的位置上，知县暗暗发笑，从靴筒中抽出一件公文，递给尹子崇。尹子崇顿时吓得面色苍白。公文中说的正是要巡抚查办他卖矿的事儿。

知县见天色已经不早，便吩咐差役说："轿子准备好了吗？我同尹大人此刻就回衙门去！"尹子崇听见这话，明知逃脱不得，只好跟在知县身后，上轿了。尹家的家眷看见他被县衙拉了去，早已哭成一片。可是知县毫不容情，摆摆手，抬轿人抬起轿子便奔往县衙去了。

后来用"失魂落魄"形容心神不宁、极度惊惶。

姗姗来迟

典出《汉书·外戚传》：上思念李夫人不已，方士齐人少翁言能致其神。乃夜张灯烛，设帷帐，陈酒肉，而令上居他帐，遥望见好女如李夫人之貌，还幄坐而步。又不得就视，上愈益相思悲感，为作诗曰："是邪，非邪？立而望之，偏何姗姗其来迟！"

汉武帝刘彻宠幸一个"倾国倾城"的绝世佳人，她就是李夫人。有一次，李夫人得了重病，汉武帝亲自去看望。李夫人把脸蒙在被子里，不肯见他，说："妾久卧病床，容貌损坏，不可拜见我皇。"汉武帝坚持要看她的面容，李夫人转过头去，低声叹气，不再说话了。汉武帝很不高兴，悻悻地走了。不久，李夫人死了，汉武帝下令隆重地安葬了她。

李夫人死后，汉武帝思令不已，难以解忧。当时，有一个名叫少翁的术士从齐地来到京城，自称能招来亡人的神灵。夜里，术士挂灯燃烛，设立帷帐，陈列酒肉，请汉武帝坐在另一个帷帐中等着雾中看花。经过术士一番折腾之后，汉武帝似乎真地见到李夫人的灵魂了；他远远望去，有一个同李夫人十分相像的美丽女人，来到帷帐中坐了一会儿，接着又慢悠悠地走出去了。汉武帝急得抓耳挠腮，又不许到跟前仔细瞧瞧，思念之情更加炽烈，因此更加悲哀伤感。顿时悲戚至极，吟了几句诗："是你，还不是你，我的爱？我翘首而望，把你等待。可是啊，你却莲步慢挪，来得如此之晚，令我情急难耐！"

"姗姗来迟"就是从故事中汉武帝一句情诗"偏何姗姗其来迟"演化来的。它的意思是说，慢悠悠地来晚了。多用来比喻妇女缓缓行走。有时也用以泛指行动迟缓，来得很晚。

手忙脚乱

典出《朱子语类》：今亦何所迫切，而手忙脚乱，一至于此耶！又见《元曲选·百花亭》：是得手忙脚乱紧收拾，意急心慌没整理。

北宋时河南洛阳有个贺妈妈，她生了个女儿名叫贺怜怜。怜怜成人之后，模样俊秀，聪敏过人。

有年清明时节，母女俩出外踏青，在百花亭与汴梁才子王涣邂逅相逢。两人相遇，一见倾心，就订为婚姻。

不久，王涣来到贺家与贺怜怜结为亲眷。常言道：久住令人贱，贫来亲也疏。贺妈妈见王涣久住家中，又是一个穷秀才，便把王涣驱逐出门，并将其女怜怜另嫁给种师道手下一个军需官高常彬。从此，贺怜怜被高常彬关在承天寺内，不得与王涣相见。王涣与怜怜情意缠绵，怎忍分离！王涣为了见到怜怜，只得扮作卖查梨的混进承天寺。两人相见，倾诉衷肠，谈得格外亲热。正在这时，高常彬回来了，丫鬟连忙报知怜怜。王涣听说高常彬回来了，不觉大吃一惊道："是得手忙脚乱紧收拾，意急心慌没整理。"高常彬闻声则问："谁人在此，好无礼呀！"王涣心想："可正是船到江心补漏迟，只看我魄散魂飞。我则索向前来陪着笑颜卖查梨。"他打定主意，连忙高声叫道："卖查梨啊！"高常彬醉意蒙地吆喝道："滚出去！老子不买查梨条。"

高常彬因喝醉了酒，没有注意到王涣便休息去了。怜怜趁机给了王涣盘缠，叫他往延安府投托经略麾下，建立功勋，以遂平生之志。王涣连忙向怜怜道谢，并说："决不辜负所望。"

王涣到了延安，受到了征马步禁军都元帅种师道的赏识，并立了战功。他依照怜怜的临别之言，上告高常彬盗用官钱，强取民妻。种师道立即把高常彬捉拿归案，把怜怜判归了王涣，使其夫妇团圆。

后人用"手忙脚乱"形容做事慌张，忙乱而无条理。

手舞足蹈

典出《文选·卜商（毛诗序）》：咏歌之不足不知手之舞之，足之蹈之也。又见《红楼梦》第四十一回：当下刘姥姥听见这般音乐，且又有了酒，越发喜的手舞足蹈起来。

刘姥姥进大观园后，吃酒、游玩一切都很满意。一次喝酒，刘姥姥不慎打烂了磁酒杯子，便说道，如果有个木头的酒杯，我失了手掉屯地上也没得关系。凤姐听刘姥姥这么说，便对刘姥姥道：木头酒杯我们这里有，但那是一套一套的，取来了你一定要吃遍一套才算！鸳鸯听说，忙去屋里取来 10 个黄杨根子做的大套杯。刘姥姥看见木杯，又惊又喜。那大的杯子像个小盆子，那小的也比手里的杯子大两倍，杯上一色的山水树木人物，雕镂奇绝。刘姥姥拿着这奇特的杯子，兴高采烈开怀畅饮。正在畅饮之际，又听得府内箫管悠扬，笙笛并发，那乐声穿林渡水而来，使人心旷神怡。"当下刘姥姥听见这般音乐，且又有了酒，越发喜的手舞足蹈起来。"

后人用"手舞足蹈"形容高兴到极点的样子。

谈虎色变

典出《二程全书·遗书二上》：真知与常知异。常（尝）见一田夫曾被虎伤，有人说虎伤人，众莫不惊，独田夫色动异于众。若虎能伤人，虽三尺童子莫不知之，然未尝真知，真知须如田夫乃是。

归有光《论三区赋役水利书》中说："有光生长穷乡，谈虎色变，安能默然而已。"

程颐是北宋的哲学家、教育家。他曾和哥哥程颢求学于周敦颐，他们兄弟2人都是北宋理学的奠基人，被称为"二程。"

程颐在谈论关于知识的问题时，强调只有亲自参加实践或亲身体验过的人，才能获得"真知"。为了说明这个道理，他曾说："从前我亲眼见过一田夫，他曾被老虎咬伤过。于是，有人提起老虎伤人，唯独田夫一个人的脸色和众人不同，他感到特别紧张。"他接着说："像老虎能够伤人这样的道理，虽然仅有3尺高的孩子们也是知道的，然而他们并不真正知道老虎如何伤人以及老虎伤人的可怕情况。他们没有这方面的真知，真正具有这方面知识的，只有像田夫这样的人，他们才有真知。研究学问的人，要获得真知，也是这个道理。"

成语"谈虎色变"即由此引申而来。意思是，被虎咬过的人才是知虎的厉害。后来以"谈虎色变"比喻一提到可怕的事情，情绪就非常紧张。

外强中干

典出《左传》僖公十五年：故秦伯伐晋。……三败及韩……晋侯谓庆郑曰："寇深矣，若之何？"对曰："君实深之，可若何！"公曰："不孙。"卜右，庆郑吉，弗使。步扬御戎，家仆徒为右，乘小驷，郑入也。庆郑曰："古者大事，必乘其产，生其水土而知其人心，安其教训而服习其道。唯所纳之，无不如志。今乘异产以从戎事，及惧而变，将与人易。乱气狡愤，阴血周作，张脉偾兴，外强中干，进退不可，周旋不能。君必悔之。"弗听。……

壬戌，战于韩原。晋戎马还泞而止。公号庆郑，庆郑曰："愎谏违卜，固败是求，又何逃焉？"遂去之。梁由靡御韩简，虢射为右，辂秦伯，将止之；郑以救公误之，遂失秦伯。秦获晋侯以归。

春秋时期，秦国国君秦穆公派兵攻打晋国。秦军三战三胜，一直攻进晋国的韩地。晋国国君晋惠公对晋国大夫庆郑说："秦军已侵入我国腹地，怎么办呢？"庆郑不客气地回答道："当初，你从秦国逃回晋国后，答应给秦穆公5座城池，结果你背了约；秦国发生饥荒，你又不肯支援。这次秦军入侵，实际上是你惹的祸，我有什么办法！"晋惠公不高兴地说："你说话真没有礼貌。"晋军迎敌之前，采用占卜的办法来决定谁可以充当晋惠公所乘兵车的右卫。占卜显示，庆郑充当右卫比较吉利，但是晋惠公却不用他，决定由同一祖族之人步扬驾驭战车，由家仆徒充当右卫。该出发了，晋惠公登上由4匹小马拉的战车，而这四匹马是从郑国输入的。庆郑提醒晋惠公说："古时进行祭祀和战争这类大事，必定使用本国出产的马匹，因为本国马土生土长，懂得主人的意思，听从驾车人的指挥，又熟悉本地的道路，不管你如何驱使它，都不会别别扭扭。如今你使用别国产的马匹去打仗，这种马会因为恐惧而改变常态，从而不听从主人的指挥。它们往往在碰到意外情况时，呼吸突然急促，血液循环也骤然加快，血管顿时扩张，外表虽然强壮，内部已经气虚力竭了。如果到了这种地步，要进进不得，要退退不成，没有任何回旋的余地，你一定悔不当初了。"对庆郑这番话，晋惠公压根儿听不进去。

公元前645年秋，秦、晋两国军队在韩地旷野展开激战。晋惠公车前所套的马匹陷入泥泞之中，左旋右转也拉不出车子。晋惠公疾呼庆郑救命，庆郑说："你任性固执，不接受劝告，又不按占卜结果用我，这实在是自找失败，你还怎能逃脱呢？"说完，就离开了晋惠公。说来也巧，晋国大夫韩简用梁由靡驾车、虢射为右卫，驰骋在战场上，正好与秦穆公相遇，韩简准备把他捉住。可是，庆郑要韩简去救晋惠公，贻误了擒获秦穆公的大好机会，让他轻易地跑掉了。这场战斗，以秦军俘获晋惠公而告结束。

"外强中干"就是从这个故事中的一句原话得来的。人们多用它来形容外表强壮，内部虚弱。或者用以比喻敌人貌似强大、实则脆弱的纸老虎形象。

萎靡不振

典出唐·韩愈《送高闲上人序》：颓堕委靡，溃败不可收拾。又见《宋史·杨时传》：若示以怯懦之形，委靡不振，则事去矣。

北宋时，徽宗皇帝是一个昏庸的家伙。在金兵已经占领了大片北方土地的时候，他还征调大批老百姓从南方搬运奇花异石，运到国都汴京（今河南开封）修建宫殿，装点花园。对于抗金这件大事，他根本不放在心上，随便派了一个无能的童贯去当领兵元帅。童贯连吃败仗，结果让金兵很快打到了京城附近。

一天，宋徽宗正在饮酒作乐，听说金兵快打到汴京了，吓得不知所措，大臣们也慌作一团。这时，有一个叫杨时的大臣，从容地对大家说：现在的形势已经像干柴堆着了火一样危急了，朝廷应当赶快清醒振作起来，拿出抗金的决心和勇气，这样才能鼓舞人心，振作士气。如果还和过去一样萎靡不振，胆小软弱，那么大宋王朝就没有什么指望了。

后人用"萎靡不振"这个典故比喻情绪低落，精神不振。

兴高采烈

典出南朝·梁·刘勰《文心雕龙·体性》：叔夜俊侠，故兴高而采烈。

三国时的魏国，有一位文学家、思想家、音乐家叫嵇康，字叔夜，谯郡（今安徽宿县西南）人。他是曹魏宗室的女婿，官至中散大夫，世人称嵇中散。嵇康崇尚老子和庄子的学说，讲求养生服食之道，为魏晋时"竹林七贤"之一。嵇康因声言"非汤武而薄周孔"，且不满当时掌权的司马氏集团，遭钟会构陷，为司马昭所杀。

嵇康的文章写得很好，主要成就是散文，被鲁迅称之为"思想新颖，往往与古时旧说反对"。他提出"越名教而任自然"之说，主张回到自然，厌恶儒家各种人为的烦琐礼教。他的诗歌也很出名，尤其长于四言诗，风格清俊。南朝梁代的文学理论家刘勰撰写过一部文学理论专著《文心雕龙》，在论及嵇康的性格和他的作品的风格时，刘勰说："嵇叔夜性高豪爽，他的志趣很高，文词犀利。"

"兴高采烈"这几个字，原来是说嵇康的文章志趣很高，文词犀利。后人常用来形容人的兴致高，情绪饱满。也形容呈现出的欢乐气氛。

小家碧玉

典出晋·孙绰《情人碧玉歌》：碧玉小家女，不敢攀贵德。感郎千金意，惭无倾城色。碧玉破瓜时，郎为情颠倒。感君不羞赧，回身就郎抱。

晋代人孙绰写了一首诗，描写贫家少女的情思。这首《情人碧玉歌》写道："我碧玉本是贫家少女，本不敢攀附富贵和有才德的公子结亲。有感于郎君对奴家的千般恩爱之意，可又惭愧自己没有倾国倾城的美貌。奴家献身于郎君之时，郎君为奴的情意而神魂颠倒。奴家感激你，并不感到羞愧，也不脸红心跳，回过身来投入郎君的怀抱。"

"小家碧玉"这个典故就是从这个故事来的。小家：泛指平民之家。碧玉：人名。人们常用"小家碧玉"泛指平民家的少女。

欣欣向荣

典出晋·陶潜《归去来辞》：木欣欣以向荣，泉涓涓而始流。

陶潜，字渊明（也有人说名渊明，字元亮），他是晋代浔阳柴桑（今江西九江县西南）人，曾祖侃是晋朝名将，渊明性情高尚文雅，学问非常渊博，诗文都很好，他不喜欢荣华富贵，饮酒赋诗、游山玩水是他的嗜好。后来因亲老家贫，勉强当了祭酒的官，因不惯于官场上的应酬，不久即辞职，后来又当了彭泽令。

他才当了80多天，朝廷差了一名督邮到县里来，他的部下教他戴着帽，束了腰带去迎接。陶渊明叹了口气说："我不愿为了五斗米的俸禄，弯着腰去迎接权贵。"当天即交回印章辞了官不做回到家里去了。

陶潜回到家里，作了一首词，记述这件事。词的题目叫

欣欣向荣

《归去来辞》，其中有一句"欣欣向荣"。这篇辞写得很好，成为一篇有名的文章，一直流传到现在。

"欣欣向荣"形容植物茂盛，也比喻精神奋发昂扬或事业兴旺发达。

修饰边幅

典出《左传》襄公二十八年：且夫富如布帛之有幅焉，为之制度，使无迁也。夫民生厚而用利，于是乎正德以幅之。

又见《后汉书·马援传》：天下雌雄未定，公孙不吐哺走迎国士，与图成败，反修饰边幅，如偶人形。此子何足久稽天下士乎？

王莽末期，马援和他的哥哥马员都做了郡守。王莽失败后，2 人都到凉州去避难。马援投在隗嚣手下。隗嚣很敬重他，有事总和他商量。公孙述在成都做了皇帝，隗嚣派马援去看那边的情况。

马援满心以为自己和公孙述是同乡朋友，见面之后一定会十分高兴的。谁知一到成都，公孙述摆出全副銮驾，由礼官赞礼，领他上殿，行礼已毕，又领他出去住在馆驿里；而且替他做了一身特制的冠服，然后开一个盛大的朝会，公孙述自己坐了御车，由侍卫簇拥而来，警卫森严，仪式隆重，把马援看作布衣之交（意即贫时的朋友），面子上十分优待，说要封马援侯爵，做大将军。马援的随员倒都乐意留下，马援却大不以为然，对他们说："天下未定，他不以礼贤下士为急，只知修饰边幅，摆空架子，打扮得和殉葬的木偶一般，这样的人怎能和他共事。"回去后报告隗嚣说："公孙子阳不过是个井底之蛙，全不明了大势，但知妄自尊大，不如一心一意归附光武帝吧！"

"修饰边幅"原意是卖布商人修理布匹边幅。后人藉马援见公孙述的故事，用"修饰边幅"比喻人修饰他的外貌。同时也有把这成语引申为"不修边幅"，比喻一些人不注意修饰自己，生活懒散，不拘小节。

虚张声势

典出唐·韩愈《论淮西事宜状》：然则暗弱，自保无暇，虚张声势，则必有之。至于分兵出界，公然为恶，亦必不敢。又见《红楼梦》第四回：老爷明日一上堂，只管虚张声势，动文书，发签拿人。

贾雨村授了应天府，一到任就遇到一个人命案子。这件案子的凶手是薛家的公子薛蟠，而薛家又是金陵一霸，因而就给贾雨村断案带来了麻烦。

贾雨村正要发签差公人将凶犯家属捉来拷问的时候，只见案旁一个门子给他使了一个眼色，叫他不要发签。雨村心中狐疑，退至密室与门子交谈。谈话中雨村方知这个门子是他的故人——葫芦庙里的葫芦僧，雨村笑嘻嘻地拉着葫芦僧的手要葫芦僧为他了结此案出谋划策。葫芦僧把这个案子各方面的联系告诉了贾雨村，并为他想了一个两全其美的断案办法。葫芦僧说："老爷明日上堂，只管虚张声势，动文书，发签拿人——凶犯自然是拿不来的，原告因是不依，只用将薛家用人及奴仆拿几个来拷问，小的暗中调停，令他们报个'暴病身亡'……"贾雨村理解其中奥妙，便照此办理，第二天就把此案断了。贾雨村把案子了结之后，便急忙写信给贾政和京营节度使王子滕，说："令甥之事已完，不必过虑。"贾雨村也因此得到上司的赏识。

后人用"虚张声势"来表示本无实力，故意假造声势来吓唬人。

燕颔虎颈

典出《后汉书·班超传》：其后行诣相者，曰："祭酒，布衣诸生耳，而当封侯万里之外。"超问其状。相者指曰："生燕颔虎颈，飞而食肉，此万里侯相也。"

东汉的班超少有大志。有一次，他表现出自己投笔从戎、为国建功立业的远大抱负，却受到别人的嘲笑。他感叹地说："小子们怎么能了解壮士的志向呢！"

后来，班超找相面先生看相，相面先生十分客气地说："先生，您眼下虽是个平常书生，而日后必定封侯在万里之外。"班超请问缘由，相面先生指着他说："先生的下巴颏如同燕子的下巴颏，先生的颈项如同猛虎的颈项。燕子能飞，猛虎可以吃肉，你能飞又可以食肉，这是万里封侯的骨象！"

"燕颔虎颈"就是从这个故事来的。颔：下巴颏。"燕颔虎颈"的意思是，人的额如同燕额，颈如虎颈。人们用它形容相貌威武不凡。

扬眉吐气

典出唐李白《与韩荆州书》：而今君侯（指韩朝宗）何惜阶前盈（满）尺之地，不使白（李白）扬眉吐气，激昂青云耶？

这是唐代诗人李白为了让韩朝宗举荐他而给韩朝宗写的一封信中的一段话。大意是劝韩朝宗不要舍不得台阶前面一尺宽的地方，给李白一个官职，好让他扬眉吐气，振奋得意地步步高升。

后人用"扬眉吐气"这个典故比喻摆脱了长期受压抑的境况，心情得到舒展，感到畅快高兴。

扬扬得意

典出《荀子·儒效》：呼先王以欺愚者而求衣食焉，得委积足以其口，则扬扬如也。又见《史记·管晏列传》：意气扬扬，甚自得也。

春秋时，晏子（名晏婴）先后担任齐灵公、齐庄公、齐景公时的宰相，政绩显赫，名满天下。但是，晏子并不居功自傲，他为人廉和，生活俭朴。有一次，晏子出使晋国。齐景公觉得晏子的住宅低湿狭小，又临近街市，很喧闹，便乘他不在时为他建一座新住宅。但晏子回来后，先拜谢了景公，随后叫人把新房子拆掉，恢复原来的样子，把老住户请了回来，屋归原主。他还说："君子不该做那种毁人居所的非礼之事。"

晏子有个马车夫，认为自己为宰相赶车，很了不起。他在大街上驱赶着4匹快马，站在宽大的车盖下，一副趾高气扬的样子。一天，马车夫的妻子从门缝中看到了丈夫那副样子，十分恶心。马车夫回家后，妻子对他说："你现在是个大人物了，我配不上你，请求离去。"丈夫惊奇地说；"你今天怎么搞的，说出这种话来？"

妻子趁机教育他说："晏子高不过6尺，但身为齐国宰相，名扬诸侯。但我看他坐在车上，样子谦和谨慎。你身高8尺，不过是一个马车夫罢了，却做出趾高气扬、盛气凌人的样子。我看不惯你的行为，所以要求离去。"马车夫听了，立即认错道："你不要再说了，我改了就是。"

从此，马车夫处处注意保持谦恭的样子。晏子很奇怪，问清原因后，赞赏他知错能改，后来推荐这马车夫做了大夫。

后人用"扬扬得意"（或作"洋洋得意"）形容某人骄傲而满足的样子。

怡然自得

典出《列子·黄帝》：黄帝既悟，怡然自得。又见晋·陶潜《桃花源记》：黄发垂髫，并怡然自乐。

晋朝孝武帝太元年间，武陵地方，有个打鱼的人。有一天，他顺着小溪捕鱼，忘了路程的远近，一直往前走，走进了一片桃花林。此处风景十分优美，为世上所罕见。
渔人觉得奇怪，总想
看看这座桃林到底有
多远多宽。当他把桃
林走完时，便发现山
旁有一个洞，里面似
乎还有光亮。他便走
进洞去，初时道路狭
窄，再走几十步，豁

怡然自得

然开朗，简直是一片平原。平原上桃红柳绿，房舍俨然，男耕女织，怡然自得，
人人过着自由幸福的生活。他们看见渔人进来，家家都设酒杀鸡，招待渔人。
在言谈中，渔人才知道里面的人是他们的祖先为避秦代的祸乱，才逃进这个
洞里来的。他们与世外隔绝多年，也不想再出去了。外面是个什么世道，他
们也不知道。渔人在这洞中的平原里待了几天，受到各家各户的热情招待。
当他辞别这些好客的主人们时，大家都告诉他："洞中情况，不要给外边的
人说。"

渔人出来后沿着原来的路往回去，还处处做了标记。到武陵后，渔人
就把这事告诉了太守。太守马上派人去找那个世外的桃源，找来找去，毫
无结果。

后人用"怡然自得"形容高兴而自满的样子。

于思于思

典出《左传》宣公二年：宋城，华元为植，巡功。城者讴曰：睅其目，
皤其腹，弃甲而复。于思于思，弃甲复来。

春秋时期，有一年郑国派军队攻打宋国，郑国统率军队的是公子归生。宋国派华元和乐吕率兵抵抗。出发之前，华元杀羊犒赏士卒，却单单忘记了替华元驾驭战车的羊斟。羊斟没吃着羊肉，非常恼怒，暗暗骂道："华元你等着吧，战场上见！"

郑军与宋军在大棘这个地方交战了。华元指挥军队向前攻击。为华元驾车的羊斟，狠劲儿地抽打马背，朝华元喊：

"统帅大人，前天吃羊肉是你做主，今天的战车可是由我做主了！"他把战车赶到郑军阵中，结果华元被俘虏，郑军获得大胜。宋军的副统帅乐吕阵亡，尸首被郑军抢去，宋军损失了460辆战车，有250名士卒当了俘虏，战死的军士被郑军割去100只耳朵。

宋国君主听说自己的军队统帅被郑国囚禁，便派使臣带着100辆兵车、400匹良马，与郑国谈判，要求赎回华元。礼物刚进去一半，华元自己逃了回来。羊斟看见华元回到宋国，吓得逃亡到鲁国去了。

不久，宋国修筑城墙，华元负责巡视工程。一天他来到工地，民工们看见华元，便唱起歌来：

> 挺着大肚皮，你还瞪着眼，
>
> 损兵折将、丢掉皮甲往回转，
>
> 满腮胡子，胡子满腮，
>
> 丢了皮甲逃回来！

华元听了也不生气，他让侍从唱着回答：

> 只要有牛就有皮，
>
> 犀兕咱们多得是，
>
> 丢了皮甲算什么！

民工们哄笑起来，又有人唱道：

> 就算你的牛皮多，
>
> 没有红漆可奈何？

华元说不过民工们，便吩咐侍从："我们走吧，他们人多嘴巴多，我只有一张嘴！"华元赶忙转到别处去。

成语"于思于思"就是由此而来，意思是胡子又多又长，后人用这句成语形容人的鬓须茂盛。思，这里同腮的意思。于思：鬓须盛貌。

成语"各自为政"也是由这里来的，原文载道："畴昔之羊，子为政；今日之事，我为政。""各自为政"原意是各人按照自己的主张办事，谁也管不了谁。后来则用这句成语比喻各行其是，谁也管不了谁。现在则用这句成语比喻各行其是，不顾全局。

源源而来

典出《孟子·万章上》：虽然，欲常常而见之，故源源而来。

有一天，孟子的学生万章去问孟子道："象每天都想谋杀舜，可是舜做了天子却没有杀他，只是把他流放了，这是为什么？"孟子说："其实是封他于有庳，不过有人说是流放罢了。"万章听了并不满意，又问道："为什么有人说是流放呢？"孟子说："舜虽以有庳之地封他，但不让象在他的国土上为所欲为，所以另外又派官吏去治理这个国家，因此有人说是流放。"

源源而来

万章继续问道："舜为什么要这样做呢？"孟子想了一想说："他们到底是弟兄，这是仁人的做法啊！舜想常常见到自己的弟弟，象自然也想见到舜并希望给他一块封地，这样，象便可借朝贡源源而来，舜也可常常借故有政事而接待象。"万章听到这里，觉得没有什么可问的了，就辞别孟子而去。

后人用"源源而来"表示连续不断地到来。

沾沾自喜

典出《史记·魏其武安侯列传》：桃侯免相，窦太后数言魏其侯。孝景帝曰："太后岂以为臣有爱不相魏其！魏其者，沾沾自喜，多易。难以为相，持重。"遂不用，用建陵侯卫绾为丞相。

西汉时期，窦婴因立军功被封于魏其（今山东临沂县南）为列侯。他是汉景帝的母亲窦太后的堂侄，窦太后挺关照他。

有一次，丞相刘舍（封桃侯）因故被免职，空出了丞相的职位。窦太后屡次提及窦婴，想任用窦婴当丞相。汉景帝说，"难道你以为我舍不得丞相的职位，而不肯让窦婴为相么！窦婴这个人，自以为了不得，容易自满，处理事务又很草率轻浮，不好让他做丞相，当重任。"汉景帝没有任用窦婴，而是任命建陵侯卫绾当了丞相。

"沾沾自喜"就是从这个故事来的。沾沾：自觉得意的样子。"沾沾自喜"的意思是说，自以为很好而得意起来。人们常用它形容某人对自己的成绩感到得意，表现出一种自满的神情。

辗转反侧

典出《诗经·周南·关雎》：求之不得，寤寐思服。悠哉悠哉，辗转反侧。朱熹集注：辗转者，转之半；转者，辗之周；反者，辗之过；侧者，转之留。昏卧不安席之意。

《关雎》是古代的一首恋歌,列《诗经》全书之首,也是十五国风的第一篇。《诗序》说此诗是歌咏"后妃之德"的,《鲁诗》则说是大臣(毕公)刺周康王好色晏起之作。现代一些研究者也有的以为是写上层社会男女恋爱的作品。

辗转反侧

这首恋歌的大意是:河边有个采荇菜的姑娘文静又秀丽,一个青年男子求她结情侣。追求她,求不到,日夜渴慕思如潮。相忆绵绵恨重重,躺在床上翻来覆去睡不宁。后来,这个青年男子弹琴娶她喜洋洋,两人终于结成情侣。

后人用"辗转反侧"形容心里有所思念,翻来覆去地不能入睡。

傍人门户

典出《东坡志林》:桃符爷见艾人而骂曰:"汝何等草芥,辄居我上!"艾人俯而应之曰:"汝已半截入土,犹争高下乎?"桃符怒,往复纷然不已。门神解之曰:"吾辈不肖,方傍人门户,何暇争闲气耶!"

我国古代的习俗,每年元旦,家家户户都用桃木板写上"神荼""郁垒"二神名字,悬挂在门的两边,以此驱邪避鬼,人们把它称作"桃符",另外,我国又有每年五月初五,用艾草扎成人形悬挂在门上方的风俗。

有一天,已在门边悬挂了数月的桃符偶然发现有个艾人在头上,紧紧地压住自己，觉得自己受了窝囊气，就骂骂咧咧道："看您那样子，须须叉叉的，全是些不值钱的烂草，为什么竟然位居我上，又压着我呢？"艾草人刚从地上搬迁而来，年轻气盛，血气方刚，本不愿迁居门上，想不到还有人瞧不起它，心里气愤无比，破口大骂道："你神气个啥，瞧你那两条腿，早已伸到地下去了！一块悬挂多时的朽木头，还要和我争高下？呸！"桃符见说到自己痛处，不禁火冒三丈，报复说："草包一团，虚有人形！愿太阳出来晒干你，愿下大雨淋垮你。"艾草冷笑道："我不想长寿，每年挂一次就行了，可那些一心想寿比南山的人，到明年还不就是'新桃换旧符'了吗？"

双方你一句我一句地争吵不停。暗中潜藏的门神实在看不下去，叹息一声，无可奈何地说："我们都是无能之辈，都傍人门户，替人家看守大门，有什么争头呢？"

桃符、艾人听了，低下了头，感到无比的尴尬。

后人用"傍人门户"的典故形容依赖别人，不能自立。

抱鸡养竹

典出《古今潭概》：唐新昌县令夏侯彪之，初下车，问里正曰："鸡卵一钱几颗？"曰："三颗。"彪之乃遗取十千钱，令买三万颗，谓里正曰："未便要，且寄鸡母抱之。遂成三万头鸡，经数月长成，令县吏与我卖，一鸡三十钱，半年之间，成三十万。"又问："竹笋一钱几茎？"曰："五茎。"又取十千钱付之，买到五万茎。谓里正曰："吾未须笋，且林中养之，至秋成竹，一茎十文，积成五十万。"

唐朝新昌县令夏侯彪之，刚到任，就向里正打问道："鸡蛋一个钱几颗？"里正回答说："3颗。"县令便叫取出一万钱，让买3万颗鸡蛋，并对里正说："我现在不要这些鸡蛋，你可让孵卵的母鸡给孵化出来，就得3万只鸡，过几个

抱鸡养竹

月，等它们长大后，让县吏给我卖掉，一只鸡30个钱，半年之内就是30万钱。"

过了一会儿，县令又问里正："竹笋一个钱几根？"里正回答说："5根。"于是又取出一万钱交给里正，让买5万根竹笋，并吩咐里正说："我现在不要笋，你就在林园里给我培育起来，到秋天长成竹，一根卖10个钱，便可得50万钱'。"

后人用"抱鸡养竹"这个典故鞭挞那些贪官是如何利用职权，想方设法，剥削劳动人民的，就像夏侯彪之刚刚上任，不是访察民情，而是打探行情，企图用"抱鸡养竹"的手段，巧取豪夺，拿出两万个钱的本钱，就想取80万钱的暴利，是一个十足的吸血虫。

博士家风

典出《雪涛谐史》：有学博者，宰鸡一只，伴以萝卜制馔，邀青衿二十辈飨之。鸡魂赴冥司告曰："杀鸡供客，此是常事，但不合一鸡供二十余客。"冥司曰："恐无此理！"鸡曰："萝卜作证。"及拘萝卜审问，答曰："鸡你欺心！那日供客，只见我，何曾见你？"博士家风类如此。

有一个私塾老师，宰了一只鸡，拌上萝卜制成菜肴，邀请了20个学生来享用。

鸡的灵魂跑到阴曹地府去告状，说道："杀鸡招待客人，这是常有的事，但不该用一只鸡供给20多人吃。"

阎王说："恐怕没有这个道理吧！"

鸡说："有萝卜作证人。"

等到把萝卜捉来审问，萝卜回答说："鸡，你欺骗人了！那天请客，菜肴里只看见我，哪曾看见你呀？"

私塾老师家的门风就是如此呀。

后人用这则寓言讽刺人的吝啬，很是别致。作者没有正面写吝啬者的卑微心理和行动，也没有侧面写旁观人的看

博士家风

法，而是另辟蹊径，通过待客之鸡赴冥间告状，极其深刻地揭露了博士的吝啬。萝卜的证词更是别开生面，使短短的故事曲折回荡，余味无穷。

卜昼卜夜

典出《左传》庄公二十二年：公曰："以火继之。"辞曰："臣卜其昼，未卜其夜，不敢。"

春秋时候，有一年陈国的国君杀死了太子御寇，陈国的公子敬仲逃亡到齐国。齐国的国君桓公，对敬仲很恭敬，想拜他为齐国的卿士。可是敬仲怎么也不肯答应，他客气地辞谢说："我是逃奔而来的客人，如果得到您的宽恕，在您的宽厚的政治庇护下，得以免除罪过，这便是君王的恩惠，我已经感到满足了，我怎么还能接受卿士这样高贵的官位呢？如果我不知满足而应允下

来，很快就会招来官员们的谴责呢，所以请您免了吧！"

齐桓公觉得敬仲说得很有道理，更加喜欢他，让他担任工正这个职务，负责管理各种工匠。

齐桓公与敬仲很要好，经常在一块饮酒闲聊。有一天敬仲请齐桓公到家里喝酒，两人越喝越高兴，一直喝到天黑。齐桓公觉得还没尽兴，吩咐仆人说："把蜡烛点上，再喝几杯！"

敬仲是很懂得礼仪的，他觉得再喝下去是不合礼仪的，便委婉地说："君王，我只知道白天执行君命，不知道晚上陪饮呀！实在不敢再留您喝下去啦！"

齐桓公只得告辞，敬仲将他送出门外。

后来知道这件事的人都称赞敬仲，说他做得好："酒是用来完成礼仪的，不能饮酒没有限度；与君王饮酒更不能让国君饮酒无度，这才是有仁有义呀！"

后人从该文中引出一句成语"卜昼卜夜"，用来形容宴乐无度，昼夜相继，从白天玩乐到黑夜。

曹商使秦

典出《庄子·列御寇》：宋人有曹商者，为宋王使秦。其往也，得车数乘；王说之，益车百乘。反于宋，见庄子曰："夫处穷闾厄巷，困窘织屦，槁项黄馘者，商之所短也；一悟万乘之主，而从车百乘者，商之所长也。"庄子曰："秦王有病召医。破痈溃痤者，得车一乘；舐痔者，得车五乘，所治愈下，得车愈多。子岂治其痔者邪？何得车之多也？子行矣！"

宋国有一个名叫曹商的人，替宋王出使到秦国去。他去的时候，得到宋王赐给的几辆车子。到了秦国，秦王很喜欢他，加赐给他100辆车子。

回到宋国以后，他去见庄子，说"住在穷乡僻壤狭窄的小巷子里，穷困得靠打草鞋过日子，脖子枯干面黄肌瘦，那是我曹商的短处。一下子使拥有一万辆兵车的君主醒悟，让100辆车子随从着我，这才是我曹商的长处啊！"庄子说："秦王有病请医生治疗。给秦王破疮化脓化疖子的，可以得到一辆车子；用舌头舔秦王的痔疮的，可以得到5辆车子。治病的手段越下流，得到的车子越多。你难道舔过秦王的痔疮吗？你怎么会得到这么多车子呢？去你的吧！"

这篇寓言对那些<u>不择手段地追求名利富贵而不以为耻</u>、反以为荣的人，进行了辛辣的讽刺。

姹女数钱

典出《后汉书·灵帝纪》注引《续汉志》曰：桓帝之初，京都童谣曰："城上乌，尾毕逋，父为吏，子为徒。一徒死，百乘车。车班班，入河间。河间姹女工数钱，以钱为室金为堂，石上慊慊舂黄粱。梁下有悬鼓，我欲击之丞卿怒。"

永康元年（167年），汉桓帝（刘志）死去，他无子可以继承帝位，窦皇后和她的父亲窦武商议，决定拥立12岁的刘弘为帝。刘弘是河间王刘开的曾孙，刘淑的孙子，解犊亭侯刘苌的儿子。建宁元年（168年），窦皇后、窦武派使者把刘弘迎到京都，让他即位，他就是汉灵帝。随同刘弘前来的还有他的母亲。刘弘登基的第二年，尊称他的母亲为孝仁皇后，居南宫嘉德殿，宫称永乐。

早在汉桓帝在位的时候，东汉朝廷的达官贵人就卖官鬻爵，大发横财。仅大将军梁冀一人，搜刮的钱财已超过30万万钱。窦皇后、窦武等人更是变本加厉地聚敛钱财，已成巨富仍然贪心不足。汉灵帝的母亲也毫不示弱，她叫汉灵帝卖官求钱，钱财无数，盈满堂室。

对这种丑恶的社会现实，百姓们早就恨之入骨了。所以，汉桓帝死后不久，京都里就有童谣唱道："城头上的乌鸦啊，摆动尾巴，得意忘形。你像达官贵人一样，身处高位，独食美味佳肴，不给下边人一点剩菜残羹。朝廷下令征战，百姓们倒了霉。父亲被征做军吏，儿子又被抓去当兵，到前方去打仗。朝廷征战无厌啊，一个士兵被打死，又派去百辆战车出征，叫更多的无辜者血染沙场。老皇帝死了，新皇帝接班。迎驾的车辆隆隆地开，开到河间接刘弘。刘弘的妈妈本是河间一少女，贪恋金银会数钱。她用钱造屋啊，以金作堂，金钱虽多犹嫌少，派人终日舂黄粱。我心悲啊我心怒，看到房梁之下挂着一只鼓。想要击鼓申冤见卿相，说说胸中愁和苦。恳求再三啊不获准，管鼓的恶官又发怒。恶官不许我击鼓啊，何况卿相也发了怒。"

"姹女数钱"就是从这个故事来的。姹女：少女。人们用"姹女数钱"形容精于计算，贪恋钱财。

吃人无厌

典出《事林广记》：有人养一虎，毛文可爱。每日将谷与他吃，不吃；又将米喂它，又不吃；将饭菜与它，都不吃。忽有一小儿经过，被他一口吃尽；又有一丈夫过，又被它和衣服尽数吃了。主人乃大声云："畜生！许多物不吃，原来你吃人无厌饱时。"

有人养了一只老虎，毛皮的图案非常好看。主人每天拿谷物给它吃，老虎不吃，拿米喂它，也不吃，又将饭菜给它吃，它全不吃。突然有一个小孩路过，老虎一口就把他给吃掉了；一个男子经过，老虎连带他的衣服一块吃掉了。主人看见大声斥责说："你这个畜生，给你那么多东西你都不吃，原来你吃人吃不厌。"

后人用这则寓言讽刺爱贪便宜的人。这种人面皮厚，有席就坐，有肉就吃。

醇酒妇人

典出《史记·魏公子列传》：公子自知再以毁废，乃谢病不朝，与宾客为长夜饮，饮醇酒，多近妇女。日夜为乐饮者四岁，竟病酒而卒。

战国时，魏国有一个叫魏无忌的人，他是魏安釐王的弟弟，因封于信陵（今河南宁陵），号信陵君。秦军在长平将赵国的 40 万士兵消灭以后，包围了赵国的都城邯郸。赵国向魏国求救，魏安釐王不愿派兵救援。魏无忌为了救赵，请魏王的宠姬如姬窃得发兵的虎符，击杀了魏将晋鄙，夺得了兵权，挑选了 8 万精兵，帮助赵国打败了秦国。

魏公子虽然窃兵符救了赵国，但却因此得罪了魏安釐王，打败秦国以后，他把军队和兵符交给魏国的将军带回去，自己留在赵国，一待就是 10 年。秦国见此情形，便连连出兵伐魏。魏王害怕秦国的威势，使人请魏无忌回国。起初，魏无忌不肯，后经人劝说，才回到魏国。魏王把上将军印授给了魏无忌。各国诸侯听说魏无忌又回到魏国带兵了，纷纷发兵援助魏国，共同对付强秦。魏

醇酒妇人

无忌联合五国击退了秦将蒙骜的进攻。从此，魏无忌更加名扬诸侯，威震天下。

秦国见此情景，很害怕，便使用了反间计，用重金收买了晋鄙的一些旧友，造了魏无忌不少谣，使魏王罢了魏无忌的兵权。魏无忌心灰意冷，从此便消沉起来，称病不上朝，与一些宾客日夜饮酒作乐，沉溺于酒色之中，4年以后，因酒色过度而死。

"醇酒妇人"这个成语原指沉溺于酒色，后常用于形容颓废腐化的生活。

祠少求多

典出《说苑·复恩》：邻之祠田也，以奁饭与一鲋鱼。其祝曰："下田邪得谷百车，蟹者宜禾。"臣笑其所以祠者少而所求者多。

邻居有一位春祭田地的人，他用一小匣饭和一条小鲫鱼当作祭品，向神祷告说："愿我那低洼劣田收谷子100车，狭小高地生长出稻子来。"

我笑这邻居供很少的祭品，而所要求的却这样多呀。

这则寓言讽刺了祠少求多，贪得无厌。这是私有制社会的常态，淳于髡笑其邻居，也不过是为了要再多捞一把，弄得"黄金千镒，革车百乘"而已。其实，祠田的农夫，以奁饭、鲋鱼祝愿洼田得谷百车，坡田也能种稻，并非不劳而获。这位农夫不失为质朴的庄稼汉子，比起浊嘴滑舌的淳于髡之徒，老实得多了。

祠少求多

措大吃饭

典出《东坡志林》：有二措大相与言志。一云："我平生不足，惟饭与睡耳。他日得志，当饱吃饭了便睡，睡了又吃饭。"一云："我则异于是。当吃了又吃，何暇复睡耶！"

有两个穷酸秀才，相互谈论着自己的雄心大志。

一个说："我这一辈子都不富足，只想吃饱了饭、睡足了觉就罢了。将来，有朝一日得志，我定要吃饱了饭便睡觉，睡足了觉又吃饭。"

另一个说："我却和你不一样。我必定要吃饱了再吃，哪里有闲工夫去睡觉呀！"

后人用这则寓言说明人各有志，但有崇高远大和目光短浅之分。这两个穷酸秀才的"雄才大志"，不过是吃饱了便睡，或者吃饱了再吃——满脑子自私享乐，全没有一点济世救民的意愿，活骂煞北宋时期一些寄生腐儒的丑恶本性。

待价而沽

典出《论语·子罕》子贡曰："有美玉于斯，韫椟而藏诸？求善贾而沽诸？"子曰："沽之哉！沽之哉！我待贾者也！"

春秋时期，孔子为了实现自己的政治主张，多方游说诸侯，想得到重用。但是，他往往四处碰壁，孔子为此十分感慨。有时候，他在言谈话语之中，自觉或不自觉地流露出急于得到重用的心声。

有一次，孔子的学生子贡说："这里有一块美玉，是把它收藏在柜子里呢？还是找一个识货的商人卖掉呢？"孔子说："卖掉吧！卖掉吧！我正等着识货的人呢！"

"待价而沽"就是从这个故事来的。沽：卖出。"待价而沽"的意思是等待高价出售。人们用它比喻等待有了赏识自己的人，才肯为他效劳出力，也可用来比喻等待出任较高的职位，或有人赏识时才出来做官。"待价而沽"，也作"待贾而沽"。

待价而沽

盗玉大夫

典出《尹文子·大道上》：魏田父有耕于野者，得宝玉径尺，弗知其玉也，以告邻人。邻人阴欲图之，谓之曰："此怪石也，畜之弗利其家，弗如复之。"田父虽疑，犹录以归，置于庑下，其夜玉明，光照一室。田父称家大怖，复以告邻人。曰："此怪之征，遄弃殃可销。"于是遽而弃于远野。邻人无何盗之，以献魏王。魏王召玉工相之，玉工望之再拜而立："敢贺王得此天下之宝，臣未尝见。"王问其价，玉工曰："此无价以当之，五城之都，仅可一观。"魏王立赐献玉者千金，长食上大夫禄。

魏国有个老农在郊外耕田，无意掘得一块一尺见方的玉石。

他不知是玉，就去问邻居。邻居一见，心起歹意，想弄到手。于是，对他说："这是一块怪石，保存它对全家不利，不如扔回去。"

老农听了，心中虽有疑虑，但还是把它抱回家里，放在廊下。当天夜晚，宝石大放光明，满屋生辉。农夫一家，非常害怕，又去告诉邻居。

奸诈的邻居故意恐吓说："这就是怪异的征兆啊！赶快把它扔掉，还可以消灾免祸。"

盗玉大夫

于是，老农立即把宝玉扔到很远的野外去了。

那个邻人一会儿就把宝玉偷回来，献给魏王。

魏王召来玉工检验。玉工一见，急忙向魏王叩头，表示祝贺，说："恭喜大王获得天下稀有的珍宝！这样名贵的玉石，我还从未见过呢！"

魏王忙问宝玉的价值，玉工回答道："这是无价之宝，不能用金钱估量。即使用 5 个城的地方作代价，也只能看一眼而已。"魏王听了大喜，立即赏赐献玉的那个人 1000 金子，永远享受上大夫的俸禄。

后人用"盗玉大夫"这个典故讽刺那些不择手段地把别人的财宝据为己有，并转手牟取暴利的人。

道士包醮

典出《广笑府》：一斋家欲请数道士设醮，一道士极贪财，不顾性命，但欲尽得斋钱，一应宣疏、礼忏、击法器等项，俱是一身包做。不分昼夜，脚忙手乱，劳无一息之停。至第三日拜章，遂晕厥倒地。斋家恐虑有人命之累，因商量且请土工扛出，再作区处。其道士在地闻知，乃挣命抬头谓斋家曰："你且将雇土工银与我，等我替你慢慢爬出去罢！"

一个吃斋的人想请几个道士做道场。一个道士特别贪财，想得到所有的斋钱，把宣疏、礼忏、击法器等各项工作自己一个人全包了下来。他不分昼夜，忙得手忙脚乱，片刻也不得休息。到了第三天拜章的时候，竟晕倒在地上。主人家怕会出人命，就商量请人将他扛出去，再做别的安排。道士在地上听见后，拼命抬起头来说："你把雇人的银子给我吧，我替你慢慢爬出去。"

这则寓言反映了贪得无厌的丑行。

得陇望蜀

典出《后汉书·岑彭传》：八年，彭引兵从车驾破天水，与吴汉围隗嚣于西城。时公孙述将李育将兵救嚣，守上邽，帝留盖延、耿弇围之，而车驾东归。敕彭书曰："两城若下，便可将兵南击蜀虏。人苦不知足，既平陇，复望蜀。每一发兵，头发为白。"

东汉时期，有一个人叫岑彭，字君然，南阳棘阳人。王莽废除西汉刘氏政权，建立新朝之时，岑彭任棘阳县长，为王莽效力，固守棘阳，抗拒汉兵。数月之后，城中粮食吃光了，岑彭举城投降汉军。刘秀当了皇帝，建立东汉王朝后，不但保留了他的归德侯爵位，而且拜为廷尉，行使大将军的职权。当时，刘秀虽然已经打败了樊崇等领导的赤眉起义军，但是他还面临着豪强割据、全国分裂的局面。东方有张步，占据青州12郡；北方有彭宠，占据渔阳等郡；西方有隗嚣，占据天水等郡；西南有公孙述，占据益州全部。刘秀为了统一天下，依次削平割据者，发动了一连串的战争。

建武八年（公元32年），岑彭率军跟着光武帝刘秀攻下天水之后，与大将吴汉一起，率军把隗嚣包围在西城。当时，占据益州的豪强公孙述同部将李育一起率兵援救隗嚣，扼守着上邦。光武帝刘秀留下盖延、耿弇领兵包围上邦，而自己驱车东归洛阳。刘秀给岑彭下了一道诏书，说："西城和上邦两城攻下之后，便可率军去攻打蜀地的敌人。人么，就是不知足。已经平定了陇地，还想得到蜀地。每打一仗，头发都要变白啊。"岑彭接到诏书之后，筑堤阻塞谷水，再决堤放水淹西城，几乎把西城淹没。这时，隗嚣得到了援兵，得以逃脱。汉军因为粮食用尽，也只好退兵了。

"得陇望蜀"就是从这个故事来的。陇：今甘肃省一带；蜀：今四川省一带。"得陇望蜀"的意思是，得到了陇地，又想得到蜀地。人们用它形容贪得无厌。

得人遗契

典出《列子·说符》：宋人有游于道，得人遗契者。归而藏之，密数其齿。告邻人曰："吾富可待矣！"

宋国有个人，外出路上，拾到一张别人遗弃的废契据，十分高兴。他急急忙忙跑回家去，把它藏了起来，并悄悄屈指数算契据的期限，很得意地告诉邻居说："我发财的日子快到了。"

后人用"得人遗契"这个典故讽刺那些把赌注全下在不切实际的主观幻想上，企图不劳而获、坐享其成的人。

得人遗契

东壁余辉

典出：汉刘向《列女传》。

传说齐国东海地方有一个女子，名叫徐吾。她的家境非常贫寒。每天夜里，她与邻女们聚在一间大屋子里纺线绩麻，而照明的蜡烛则由每个女子由家里带来。

徐吾因为穷，所以她带来的蜡烛最少。有一个姓李的女子很不高兴，便对其他人说："徐吾带的蜡烛不够，以后不要她来和我们一起干活了。"

徐吾听了此话，颇感不平，她分辩道："你怎么能这样说呢？大家都看得到，我每天来得最早，休息得最迟。天天打扫好房间铺好席子等你们来。坐的时候也自觉地坐在下面，这都是因为我穷，自知带的蜡烛太少。何况，同一间屋子内，多我一个人，烛光不会暗淡一点；少我一个人，烛光也不会明亮一些，而我只需借着照在东墙上的余光，就可以每天干自己的活。请你们不要吝惜那一点余光，让我蒙受大家的同情与恩惠吧。"

见徐吾说得很有道理，而且她也的确让人同情，其他女子都不再有异议，李女也无话可说了。从此，徐吾仍天天与邻女们在一起纺线绩麻，也不再有人因为她带的蜡烛少而说三道四了。

后人用"东壁余辉"的典故形容希望沾点别人的光，使自己得到帮助和照应。

东海黄公

典出《郁离子》：安期生得道于之罘山。持赤刃以役虎，左右指使进退如役小儿。东海黄公见而慕之，谓其神灵之在刀焉，窃而佩之。行遇虎于路，

东海黄公

出刀以格之。弗胜，为虎所食。

　　安期生在之罘山得道成仙了。他拿着一把红色的刀能够驱使老虎。他用刀左右指挥，要老虎进就进，退就退，好像使唤小孩子一般。东海有个黄公，看到这种情况很羡慕。他以为安期生的神妙本领就在刀上，于是偷了来佩带在身上。不久，在路上碰到老虎，黄公拿出刀来与虎搏斗。那刀一点儿也不灵，斗不过老虎，黄公就被老虎吃掉了。

　　这则寓言是改造汉代杂戏"东海黄公"而写成的。原意是讽刺妄求非分的人。

东食西宿

　　典出《艺文类聚》卷四〇引《风俗通·两袒》：俗说，齐人有女，二人求之。东家子丑而富，西家子好而贫。父母疑不能决，问其女定所欲适："难指斥言者，偏袒令我知之。"女便两袒。怪问其故。云："欲东家食西家宿。"

　　战国时候，齐国有一个女儿，生得十分美丽，父母爱如掌上明珠。她家的附近住着两家人，东家住有一个大财主，家财万贯，可是这财主相貌生得十分丑怪。西家住着一个读书人，他很有才学，相貌也很英俊，但家徒四壁，十分穷苦。

有一天，东西两家同时托人来说亲，她父亲一时不能决定，于是便和她商量，说："现在东、西两家都来求婚，为父母的一时拿不定主意，你自己喜欢哪一家，不妨说一说。"那女子娇羞万分，一言不答。她父母以为她害羞，

东食西宿

难于启齿，于是又说："这样吧，你既然是不好开口。那么你若是喜欢东家，就举起左手；若是喜欢西家，就举起右手。"

怎知那女子把两双手都举起来。她父母大异，问道："这是什么意思？"她答说："东家那人富而丑，西家那人贫而美，我愿嫁到东家食，又退到西家宿。"

后人便引申为"东食西宿"一句成语，比喻贪利的人企图兼有两利。

囤积居奇

典出《史记·吕不韦列传》。

战国时候，卫国濮阳（今属河南）有个商人叫吕不韦，来往于当时的各国经商。当他到了赵国都城邯郸时，得知秦国昭襄王的孙子异人正在赵国做人质抵押，被羁留在丛台这个地方，而且穷困潦倒。吕不韦便根据他平时做生意赚钱的思想，想把异人当做一件奇特的货物积囤起来，好待机发个大财，于是，他回家后问他父亲："耕田的利益有几倍？"他父亲回答说："10倍。"他又问："如果辅助一个人当上国君，掌握天下的土地山河，这种利益有几倍呢？"他父亲笑道："怎能得把一个人他辅助做国君呢？若能这样，利益

便有千千万万倍，无法估计。"于是，吕不韦便拿出钱来结交了监守异人的赵国大夫公孙干，由公孙干介绍认识了异人，并且私下对异人说，他准备拿出1000金子到秦国劝说秦太子和太子最宠爱的妃子华阳夫人，想法把异人弄回秦国去。异人听了当然求之不得。

不久，吕不韦的计谋果然成功，异人逃回秦国，华阳夫人认他做嗣子，太子安国君叫他改名为子楚。后来，秦昭襄王和太子安国君相继死去，子楚便继位，称庄襄王，拜吕不韦为相，封为文信侯。

后人用"囤积居奇"或"奇货可居"这个典故比喻把某种货物或所擅长的学识、技能暂时囤积或隐藏起来，等待好的价钱或机会。

二分明月

唐朝诗人杜牧，在他的一首诗里，这样写道："天下三分明月夜，二分明月在扬州。"为什么他要说天下的明月仅有三分，而扬州一地就占去了二分呢？因为扬州这个地方，在隋、唐时代非常繁华，鼎盛一时。

扬州，在古代并不是专指江都县境。这名字古得很，在《禹贡》中就为九州之一。那时不但海淮一带皆称扬州，便是江南一带也叫扬州。周秦时，现在的江苏、安徽、江西、浙江和福建各省，皆属扬州。东汉年间，扬州州

二分明月

治在今安徽和县。三国时，魏、吴均有扬州。魏在今安徽合肥，吴在今南京。到隋文帝统一南北，才把扬州放在江都，也就是今日的扬州。唐、宋、元、明、清几个朝代，因扬州是运河入江要道，南北交通必经之地，万商云集。淮南盐官、盐商以它为中心，江南各省漕米（即征收来的公粮）以它为转运站。所以扬州始终是一个极其繁华富庶的地区。所谓"二分明月在扬州"，也就是形容扬州的繁华占有了天下三分之二的风光。

后来人们便将这句诗简化为"二分明月"这个成语，用来比喻一个地方的繁华，或比喻人才荟萃。

分一杯羹

典出《史记·项羽本纪》：项王已定东海，来西，与汉俱临广武而军，相守数月。

当此时，彭越数反梁地，绝楚粮食。项王患之，为高俎，置太公其上，告汉王曰："今不急下，吾烹太公。"汉王曰："吾与项羽俱北面受命怀王，曰：'约为兄弟'，吾翁即若翁，必欲烹而翁，则幸分我一杯羹。"项羽怒，欲杀之。项伯曰："天下事未可知，且为天下者不顾家，虽杀之无益，只益祸耳。"项王从之。

秦朝末年，楚汉相争。刘邦和项羽之间为了争夺天下，大战 70 次，小战 40 次，刘邦屡战屡败，受尽了项羽的欺侮。但最后垓下一战，刘邦却大战全胜。

当项羽平定了东方诸侯叛乱之后，又回军向西进发，与刘邦的汉军都驻扎在广武山上，中间隔着广武涧，互相对峙了几个月。

正在这个时候，有一个叫彭越的人在梁地屡次起兵攻打项羽的楚军，截断楚军运粮交通线。项羽十分忧虑，想快些打败刘邦，激他出战。他命令手下摆出祭祀用的高案桌，把在战乱中抓到的刘邦的父亲放在高案桌上，通知刘邦说："如果你不马上投降，我就把你的父亲煮死。"刘邦说："当初，我和你都是楚怀王的臣子，接受他的命令，楚怀王曾经吩咐说：'你们二人要结为兄弟。'照理说，我的父亲就是你的父亲。如果你一定要把自己的父亲煮死，就分给我一杯肉汤吃吧。"项羽被气得暴跳如雷，当即要杀掉刘邦的父亲。项羽的叔父项伯连忙劝止说："天下大事是难以预料的，你不要把事做得太绝。况且，像刘邦这种为争夺天下而战的人，是不会顾及家人安危的。你把他的父亲杀了，也没有什么好处，相反只会结下冤仇，埋下祸根。"项羽听后觉得有理，就听从了项伯的意见，没有煮死刘邦的父亲。

"分一杯羹"就是从这个故事来的。它的本意是指刘邦从战争的大局出发，不惜牺牲自己的父亲。现在使用这个典故，是比喻分沾一点区区小利。

奉檄色喜

典出《后汉书·刘平传》：庐江毛义少节，家贫，以孝行称。南阳人张奉慕其名，往候之。坐定而府檄适至，以义守令，义奉檄而入，喜动颜色。奉者，志尚士也，心贱之，自恨来，固辞而去。及义母死，去官行服。数辟公府，为县令，进退必以礼。后举贤良，公车征，遂不至。张奉叹曰："贤者固不可测。往日之喜，乃为亲屈也。"

东汉时，庐江人毛义少有节操，他家境贫穷，却以孝行著称于世。南阳人张奉仰慕毛义的声名，前去拜访他。他刚刚坐定，官府的檄文就到了，任毛义为安阳令。毛义捧着檄文，走了进来，满脸浮现出喜悦的神情。张奉是一个志趣高尚的人，心里很瞧不起毛义，自恨前来拜访，坚决地辞别毛义，不高兴地走了。后来，毛义的母亲死了，他弃官不做，为母亲守丧。三公的官府数次征召，毛义当了县令，举止进退都很符合礼仪。后来，被选拔为贤良文学之士，有关的官署征召他，毛义不肯应召前去。张奉感叹地说："贤者的胸怀是不可测度的。过去，毛义听说当官而面带喜色，是为了奉养母亲的缘故啊。"

"奉檄色喜"是从这个故事来的。檄：泛指古代官方文书。人们以"奉檄"作为得官就任的代词；以"奉檄色喜"表示为挣钱养亲而做官。

夫人属牛

典出《笑得好》：一官寿诞，里民闻其属鼠，因而公凑黄金铸一鼠，呈送祝寿。官见而大喜，谓众里民曰："汝等可知道我夫人生日只在目下，千万记着夫人是属牛的，更要厚重实惠些。但牛相肚里切不可铸空的。"

一个县官要过生日了。当地的人听说他属鼠，就一块凑了一些黄金铸了一只老鼠拿去祝寿。县官看见了非常高兴，对他们说："你们可知道我的夫人马上也要过生日了，一定要记住她是属牛的。你们送的札一定要更加厚重实惠一些，切记牛肚子里千万不要铸成空心的。"

这则寓言是根据冯梦龙《笑府》中同一故事改写的。它既讽刺了官府的贪得无厌，也嘲笑了下属的吹牛拍马。

夫人属牛

富者乞羊

典出《金楼子》：楚富者，牧羊九十九，而愿百。尝访邑里故人。其邻人贫有一羊者，富拜之曰："吾羊九十九，今君之一成我百，则牧数足矣。"

楚地有个富人，养了 99 头羊，希望有 100 头。他为此曾经多次寻求乡邻的熟人。他的穷邻居只有一只羊，富人见了，向他请求说："我有 99 头羊，现在您把这一头给我，凑成 100，那么我养羊的数字便满足了。"

这个故事说明：人贪得无厌到这种地步，真是可鄙！

富翁五贼

典出《厅史》：昔有一士邻于富，家贫而屡空，每羡其邻之乐。旦日，衣冠谒而请焉。富翁告之曰："致富不易也！子归斋三日，而后子告子以其故。"如言，复谒，乃命待于屏间。设高几，纳师资之贽，揖而进之，曰："大凡致富之道，当先去其五贼。五贼不除，富不可致。"请问其目。曰："即

富翁五贼

世之所谓仁、义、礼、智、信是也。"士卢胡而退。

从前，有一个士人和一家富翁作邻居，自己家境长期贫困，每每羡慕邻家的富有快活。这一天，他穿整齐了衣服去谒见邻居，并去请教致富的方法。

富翁告诉他说："求富不是件容易的事啊！你先回去戒斋 3 天，然后我再告诉你致富的方法。"

士人按照邻居的话去做了，再次去谒见。富翁便让他在屏风外面等着。富翁摆设了高几，接受了对方请求拜老师的礼物，作了个揖，而后请士人进屋说："大概说来，求富的道理，应当首先革除五大祸害。五大祸害不革除，富贵是不可能求得的。"

士人请问五大祸害的名目。

富翁说："就是世界上所谓的仁、义、礼、智、信这五大条目呀！"

士人听罢，掩口嘿然而去。

后人用这则寓言揭露了富人的本质。孟子说："为富不仁"。这里的富人，更坦白、更彻底地指出，致富之道，不但要去掉仁，而且仁、义、礼、智、信，所谓"五行"，要统统去掉。富人致富，是以压榨剥削为前提的，对穷人越不讲仁义礼智信，压榨剥削得越残酷，当然也就越容易致富了。

谷贱伤农

典出《新五代史·冯道传》：明宗问曰："天下丰登，百姓济否？"道曰："谷贵饿农，谷贱伤农。"因诵聂夷中《田家诗》，其言近而易晓。明宗顾左右录其诗，常以自诵。

五代时，有一个人叫冯道，字可道，在（后）唐庄宗（李存勖）时任户部侍郎、翰林学士。他为人勤俭节约，刻苦自励。在一次战斗中，他在军中

谷贱伤农

只为自己搭一个茅屋，不设床席，在草垫上坐卧。所得俸禄，与手下人共享，与仆役们一起吃饭，毫不讲究特殊。某将掠得美女送给冯道，他不好意思谢绝，就暗地里把美女安排在别处安歇，想方设法把她送回家里。在父丧期间，他回家乡尽孝守丧。正好赶上发生饥荒，百姓大饥，冯道拿出自己的钱财赈济乡亲们，同时亲自耕田、打柴。有的人家无力耕种田地，冯道在夜里悄悄地替人家耕作。人家感谢他，他并不认为自己干了多么了不起的事。

（后）唐庄宗死后，唐明宗（李嗣源）即位，让冯道当了宰相。唐明宗天成（926—930 年）、长兴（930—933 年）年间，风调雨顺，五谷丰登，朝野上下太平无事。冯道提醒唐明宗要有深谋远虑，居安思危。

唐明宗问道："天下虽然五谷丰登，但是老百姓过上好日子了吗？"冯道回答道："在歉收时，粮商抬高粮价，使农民吃不起，发生饥荒；在丰收时，粮商压低粮价，使农民受到损害。"同时，冯道给唐明宗背诵文人聂夷中的《田家诗》，这首诗浅近易懂，唐明宗很是喜爱，叫左右的人记录下来，常常吟咏。

"谷贱伤农"就是从这个故事来的。它原指丰收时，粮商压低粮价，使农民受到损害。后来，人们用它泛指粮价过低损害农民的利益。

棺中鬼手

典出《谐铎》：萧山陈景初，久客天津。后束装归里，路过山东界。时岁大饥，穷民死者无算，旅客萧条，不留宿客。投止一寺院，见东厢积棺三十余口；西厢一棺，岿然独存。

三更后，棺中尽出一手，皆焦瘦黄瘠者；唯西厢一手，稍觉肥白。陈素负胆力，左右顾盼，笑曰："汝等穷鬼，想手头窘矣，尽向我乞钱耶？"遂解囊橐，各选一大钱与之。东厢鬼手尽缩，西厢一手伸出如故。陈曰："一文钱恐不满君意，吾当益之。"增至百数，兀然不动。陈怒曰："是鬼太作乔，可为贪而无得矣！"竟提两贯钱，置其掌，鬼手登缩。陈讶之，移灯四照，见东厢之棺，绵书饥民某字样；而西厢一棺，上书某县典史某公之枢。因叹曰："饥民无大志，一钱便能满愿；而此公惯受书仪，不到其数，不收也。"已而钱声戛响，盖因棺缝颇窄，鬼手在内强拽，苦不得入；绷然一声，钱索尽断，青蚨抛散满地。鬼手又出，四面空捞，而无一钱入手。陈睨视而笑曰："汝贪心太重，乘得一双空手；反不如若辈小器量，还留下一文钱看囊也！"而手犹掏摸不已。陈击掌大呼曰："汝生前受两贯钱，便坐私衙打屈棒，替豪门作犬马。究竟积在何许？何苦今日又弄此鬼态耶？"言未已，闻东厢之鬼长叹，而手亦遂缩。天明，陈策蹇就道，即以地下散钱，奉寺僧为房资焉。

萧山人陈景初，长期在天津做客商。后收拾行装回老家，路过山东地界。这一年正遇上大饥荒，饿死的穷苦百姓数也数不清，旅店生意萧条，都不愿留住旅客。他只好投奔到一座寺庙里去居住。看见东厢房里堆积着30多口棺材；西厢房里只有一口棺材，高耸着棺头独占在那里。三更之后，棺材里各伸出一只手来，都是焦黄瘦干的样子；只有西房棺材里的那只手，稍微肥白一些。陈景初平素自恃有胆力，他左右观看着，笑道："你们这些穷鬼，想来是手头困难了，都来向我要钱了吧？"就解下钱口袋，各选了一个大钱送给它们。东厢房里的手都回去了；唯独西厢房里的那只手依然如故地伸着。陈景初说："一文钱恐怕还不能满您的心意，我当再增添一点。"一直增加到100多，那只手还是高擎着不动。陈景初生气地说："这个鬼太恶劣了，可称得上是贪而无厌的啦！"最后拿起两贯钱，放在那鬼的手掌上，鬼的手顿时缩回去了。陈景初很惊异，端过灯来四面照了照，见东厢房里的棺材前面，都写着"饥民某某"的字样；而西厢房的那口棺材，上面写的却是"某县典史某公之柩"。因而叹了一口气说："饥饿的百姓并无过奢的要求，一文钱便满足愿望了，但此公惯于接受贿赂礼物，不到他心中计算的数目，是不会把手收回去的。"

过了一会，西厢房里忽然发出铜钱撞击的声响，原来棺材缝太狭窄了，那只鬼手在棺材里用力强拽，苦于不能把两贯钱拽进去；"嘣"的一声，串钱的绳子拉断了，青钱抛撒了满地。鬼手又伸出来，向四面空捞着，却摸不到一文钱在手。陈景初斜眼瞅着笑道："你贪心太重了，结果只剩得一双空手，反而不如那些小气量的人，还能留下一文钱充一充口袋呢！"棺中那只手仍然四处掏摸不止。陈景初拍着手大叫道："你生前接受了两贯钱，就坐在官衙里打人家屈杀棒，专替豪门大族当走狗。究竟你对人民积了多少德？何苦今日又要弄这些鬼态呢？"话还没说完，就听见东厢房里那些鬼发出长长的叹息，这棺材里的手也就缩回去了。

天亮之后，景初就赶着毛驴上了路，把地下抛撒的青钱，都送给寺庙里的和尚当房钱了。

这则寓言说明作者篇末的"铎曰"："官愈卑者心愈贪。若辈之导态，何可言也？乃生既如鬼，死复犹人，岂冥中无计吏之条耶？东厢长叹，想已早褫夺去"骂贪官"生既如鬼，死复铖人"，可谓力透纸背。"棺中鬼手"的故事，讽刺辛辣，寓意深远，给人以鲜明而深刻的印象；同时它同情饥民冤魂，表现出人民具有震撼贪吏魂魄的威力，他是有进步意义的。只是，作者说：“官愈卑者心愈贪”，而且贪得无厌、贪数更大，这难道不是事实吗！再者，对付这些人，只能是以眼还眼、以牙还牙，及时揭露，坚决斗争，寄望于“宴中计吏之条”，是永远办不到的。

广眉高髻

典出《后汉书·马廖传》：长安语曰：“城中好高髻，四方高一尺；城中好广眉，四方且半额；城中好大袖，四方全匹帛。”

东汉时期，有一个人叫马廖，字敬平，是著名将领马援的儿子。因为马援在62岁时进兵武溪遭到了失败，所以当马援在军中死后，儿子马廖不得继承爵位。有一次，马廖上书说，要改变奢靡的作风，必须从朝廷做起。为了把问题说清楚，他以当时长安流行的谚语为例，加以说明。

长安流行的谚语说：“城中喜欢梳高髻，四方就会梳一尺；城中喜欢画阔眉，四方画满半额头；城中喜欢穿大袖，四方动用整匹布。”

广眉高髻

“广眉高髻”就是从这个故事来的。广眉：宽阔的眉；高髻：高的发髻。人们用“广眉高髻”形容风俗奢靡。

好酒爱屐

典出《猩猩铭·序》：猩猩在山谷行，常有数百为群。里人以酒并糟设于路侧，又爱著屐，里人织草为屐，更相连接。猩猩见酒及屐，知里人张设，则知张者祖先姓字，乃呼名骂云："奴欲张我，舍尔而去！"复自再三。相谓曰："试共尝酒。"及饮其味，逮乎醉，因取屐而著之，乃为人之所擒，皆获辄无遗者。

猩猩往往几百只在一起，成群结队地出没于山谷中。

它们好喝酒，乡下人把很多酒和酒糟摆在道路两边；它们还爱穿鞋，乡下人就编了不少草鞋并用绳子勾连起来，也放在路旁。

猩猩一见摆着的酒和鞋就知道是乡下人设置的机关，还知道他们祖先的姓名，便指名道姓地骂道："你们这些家伙，想诱捕我们吗？我们决不上当！"说完就走了，但又舍不得美酒，一会儿又返了回来。这样三番五次，实在忍耐不住了。便互相商议说："咱们少尝尝吧。"说着这个一口那个一口地喝起来，越喝越有味，最后全都喝得酩酊大醉。于是，又都把草鞋穿上。就这样，一下子被人们统统捉住，没有一个逃脱。

后人用"好酒爱屐"这个典故教导人们，处世要当机立断，不要明明知道有害，却不能与之断然决裂，结果越陷越深，最终毁灭了自己。

好讨便宜

典出《笑府》：一人好讨便宜，市人相戒，无敢过其门者。或携沙石一块，自念无妨，径之。其人一见，即呼："且住！"急趋入取厨下刀，于石上一再蹙，麾曰："去！"

有个人特别爱占便宜，全城的人都防备着他，不敢从他门口走过。有一人拿着一块沙石，自己觉得没有什么关系，便径直从他家门口走过。那个人一见，就叫道："慢走！"于是急忙跑进家里拿了厨房的菜刀出来，在沙石上鐾来鐾去，把刀磨快了，才挥手说："去吧！"

好讨便宜

后人用"好讨便宜"这个典故讽刺那些爱讨便宜的人。

好逸恶劳

典出《后汉书·方术传·郭玉传》：为其疗也……好逸恶劳，四难也。

东汉时，有一个叫郭玉的人，对医学特别是针灸术很有研究，曾著有《针经》《诊脉法》等书。郭玉家境贫困，曾讨过饭。他的医术学成后，给差役杂工治病，却有时治不好。有一次，汉和帝让一个贵人（妃嫔的称号，东汉光武帝刘秀时开始设置，仅次于皇后）穿上杂工的衣服，换了个地方，让郭玉去给她看病。郭玉问了问病情，只一针就给扎好了。汉和帝觉得很奇怪，就问郭玉是什么原因。郭玉说："王公贵族处于尊贵的地位，哪一个都在我之上，给他们治病的时候，我总是怀着一种恐惧的心理。给这些人治病有四难，其中一难，就是这些人长期以来好逸恶劳，所以得了病就比较难治。"和帝认为，郭玉说得挺有道理。

"好逸恶劳"指喜欢安逸，厌恶劳动。

合本做酒

典出《笑府》：甲乙谋合本做酒。甲谓乙曰："汝出米，我出水。"乙曰："米都是我的，如何算账？"甲曰："我决不欺心，到酒熟时，只还我这些水便了，其余都是你的！"

甲乙两人合伙酿酒做生意。甲对乙说："你出米，我出水。"乙说："米都是我出的，最后怎么算账？"甲说："我决不会欺骗你的，到酒酿好后，你只需还我一些水就行了，其余全是你的了。"

合本做酒

后人用这则寓言十分生动地刻画了一个利欲熏心、损人利己的小市民的形象。

和璧隋珠

典出《韩非子·和氏》和《淮南子·览冥训》：

春秋时期，楚国有个叫卞和的人，他在山里偶然发现一块璞玉，心中十分欢喜，马上去奉献给楚厉王。楚厉王见到送来的璞玉很高兴，便找来玉匠，让他们辨认一下，这是什么样的玉。玉匠看过了，摇摇头说："大王，这不是什么玉，而是一块普普通通的石头！"楚厉王听说卞和送来的是一块石头，心中十分恼火，气急败坏地说："你竟敢诓骗我，真是好大的胆子！"于是他命令将卞和的左脚用刀砍去。

事隔不久，楚厉王死了，楚武王即了位。卞和又捧着那块璞玉，来见武王。楚武王接过璞玉，又请玉匠来看，玉匠还说这是石头。于是楚武王命令将卞和的右脚砍下。

后来，楚武王又死了，楚文王即了位。卞和听到了这个消息，就抱着那块璞玉，在荆山脚下号啕大哭，一直哭了3天3夜。他哭得非常悲切，眼泪哭干了，眼睛里淌出了血。这件事很快便传到楚文王的耳朵里，文王觉得很奇怪，就派人去问个究竟，派去的官员找到了卞和，问他："你为啥哭呀？天底下像你这样被砍去双脚的人不是很多吗，为什么偏偏你这样悲痛呢？"卞和止住哭声，悲伤地说："我并不是因为失去了双脚而悲痛，我悲痛的是，奉献给大王的璞玉，明明是一块宝玉，却被人当成石头；我对大王是一片真心实意，却被人家说我是骗子。这是让我悲痛的事呵！"

官员把这件事情告诉了楚文王，文王就将卞和请进宫中，又找来玉匠把那块璞玉进行加工，果然得到了世间罕见的美玉，就给它起了个名字，称作"和氏璧"。从此以后，和氏璧便成了极其名贵的珍宝。

"隋珠"也是一件宝物。传说古时候有个"汉东之国"，国内有个姓姬的诸侯，叫做"隋侯"。有一天，隋侯在路上遇见一条大蛇，这条大蛇受了重伤，半截身子都快要折断了。隋侯很同情它，就回家取来药，给蛇敷在伤处，又用布带为它包扎好，蛇便钻进树丛离去了。

过了好些天以后，有一次隋侯在江边搭船，忽然一条大蛇从江中浮起，昂着头向他游过来。隋侯吓得惊慌失措，魂不附体。可是那条蛇却没有伤害他，反倒从嘴里吐出一颗硕大的珍珠。这时隋侯定神一看，才看清楚这条蛇正是从前他救过的那条受伤的大蛇。他心里顿时明白了："啊，原来这是蛇从江中衔了一颗珍珠送给我，报答我的救命之恩呀！"于是他高兴地接过那颗珍珠。后来，人们便把这颗神奇的珍珠，称作"隋珠"。

由于"和氏璧"与"隋珠"都是世上稀有的宝贝，所以后来人们使用成语"和璧隋珠"比喻那些极其贵重的珍宝。

患得患失

典出《论语·阳货》：其未得之也，患得之。既得之，患失之。苟患失之，无所不至矣。

有一次，孔子在批评一些品德恶劣的人时说："难道可以和这些品德恶劣的人一起事奉君主吗？这些人在没有得到（官位）时，总担心得不到。既得到了（官位），又担心失掉。（一个人）假如担心失掉（官位），那就会无论什么事情都做得出来。"

后人用"患得患失"形容老是考虑个人得失。

活佛索钱

典出《笑赞》：唐三藏西天取经，到了雷音寺，师徒三人见了佛。佛吩咐弟子与他真经。迦叶长者苦苦索要常例。唐三藏无奈，只得将唐天子赐的紫金钵盂与了他。猪八戒好生不忿，回去禀称："迦叶长者索要常例，受了个金钵盂。"羞得长者脸皮皱了。佛说："佛家弟子也要穿衣吃饭。向时舍卫国赵长者请众弟子下山，将此经诵了一遍，讨得了三斗三升麦粒黄金。你那钵盂有多少金子，也在话下？"说的个猪八戒好似箭穿了雁嘴，恼恨恨的走出来，说道："逐日家要见活佛，原来也是要钱的。"唐三藏说："徒弟不要烦恼，我们回去，少不得也替人家诵经。"《赞》曰：列宿之中有天钱星。道书言："牵牛娶织女，借天帝钱二万，久不还，被驱在营室。"天也爱钱，况于人乎？佛果无诳语也。

唐僧去西天取经，走到了雷音寺，师徒 3 个人见到了佛祖。佛祖吩咐一个弟子带他们去拿真经。迦叶长者向他们索要回报。唐僧没办法，只好将唐朝皇帝赐的紫金钵盂给了他。猪八戒特别气愤，回去禀报说："迦叶长者向我们索要回报，得了个紫金钵盂。"迦叶长者羞愧得脸皮都皱了。佛祖说："佛家的弟子也要穿衣吃饭。以前舍卫国的赵长者让众弟子下山，也将这个念了一遍，结果讨回了 3 斗 3 升的麦粒黄金。你那个钵盂里头有多少金子，也值得说一下。"说得猪八戒就好像箭射穿了大雁的嘴，气愤地就出去了，还说："原来要见佛祖也是要钱的。"唐僧说："你不要烦恼，等我们回去了，替别人念经也不会少的。"

后人用这则寓言，十分形象地揭露了佛教的虚伪性，指出所谓西天极乐世界和人间一样黑暗，活佛也是爱钱的，也进行敲诈勒索。

击碎珊瑚

典出《晋书·石崇传》：武帝每助恺，尝以珊瑚树赐之，高二尺许，枝柯扶疏，世所罕比。恺以示崇，崇便以铁如意击之，应手而碎。恺既惋惜，又以为嫉己之宝，声色方厉。崇曰："不足多恨，今还卿。"乃命左右悉取珊瑚树，有高三四尺者六七株，条干绝俗，光彩曜日，如恺比者甚众。恺恍然自失矣。

晋代石崇，为官贪得无厌，发了横财。生活骄奢淫逸，经常与其他达官贵人比赛谁会奢侈浪费，以显示自己的富贵。

石崇几次同王恺比赛。晋武帝司马炎经常资助王恺，曾经赐给王恺一棵珊瑚树，高两尺多。枝茎繁茂，叶儿纷披，世上少有能与之相比的。王恺为了炫耀自己，把珊瑚树拿给石崇看，石崇漫不经心地用铁如意一击，珊瑚树应声而碎。王恺既惋惜，又生气，以为石崇嫉妒自己的宝贝，所以声色俱厉，十分愤慨。石崇说："区区此物，不值得太遗憾，现在我就还你。"说完，他命令侍从把自己的珊瑚树全数搬出来，高达三四尺的就有六七棵，枝干奇绝，在阳光下光彩夺目，至于像王恺的那种珊瑚树，真是太多了。王恺神情沮丧，怅然若失。

"击碎珊瑚"就是从这个故事来的。珊瑚：热带海中的腔肠动物，骨骼相连，形如树枝，所以又叫珊瑚树。人们用"击碎珊瑚"形容穷奢极侈，肆意挥霍。

济阴贾人

典出刘基《郁离子》：济阴之贾人渡河而亡其舟，栖于浮苴之上号焉。有渔者以舟往救之，未至，贾人急号号曰："我济上之巨室也，能救我，予尔百金。"渔者载而升诸陆，则予十金。渔者曰："向许百金，而今予十金，无乃不可乎？"贾人勃然作色，曰："若渔者也，一日之获几何？而骤得十金，犹为不足乎？"渔者默然而退。

他日，贾人浮吕梁而下舟，薄于石，又覆，而渔者在焉。人曰："盍救诸？"渔者曰："是许金而不酬者也。"舣而观之，遂没。

济阴贾人

济阴有个商人，渡黄河时翻了船，爬在漂浮的柴草上呼喊救命。有个渔夫划船去救他，还没有到跟前，商人着急地喊道："我是济水一带的大富豪，如能救我，就给你100金。"渔夫用船把商人运到陆地上，商人却只给10金。渔夫说："刚才你答应给百金，现在只给10金，恐怕不合适吧？"商人勃然发怒，说："你是个打鱼的，一天的收获能有多少呢？而今一下子得到10金，还不满足吗？"渔夫默默地走了。

又有一天，这个商人乘船从吕梁而下，碰到礁石上，又翻了船，当时渔夫也在那里。有人对渔夫说："为什么不救他呢？"渔夫说："这是那个答应了金子而不如数酬报的人。"渔夫把船靠在岸边观看，于是商人就沉下去了。

这篇寓言鞭挞那些出尔反尔、言而无信、奸诈狡猾的人。

俭啬老人

典出魏《笑林》：汉世有人，年老无子；家富，性俭啬，恶衣蔬食。侵晨而起，侵夜而息，营理产业，聚敛无厌，而不敢自用。或人从这求丐者，不得已而入内取钱十，自堂而出，随步辄减；比至于外，才余半在，闭目以授乞者。寻复嘱云："我倾家赡君。慎勿他说，复相效而来。"老人俄死，田宅没官，货财充于内帑矣。

汉代有一个老头儿，没有子女，家里很富裕。他性格吝啬。穿粗衣，吃小菜；清早就起床，深夜才休息，忙忙碌碌地经营家业，多方积累钱财，不知满足。他自己从不花费一文。有时，别人向他借点钱，他不得已才走进房中取上十个钱，从堂室中慢慢出来，走几步就减掉一个钱。等走到门外才剩了一半。他心疼得紧闭双眼，把钱交给别人。过了一会儿，又再叮嘱说："我把全部家业拿来帮助你了，切莫告诉别人免得又像你一样到这里来啊。"

老头儿不久便死了。因为没有继承人，他的田土、住宅都被官府没收了，他积累的钱财也进了国库。

这个故事说明：爱财如命，不肯周济别人，是可笑可悲的，但如以"得行乐时且行乐"的观点讥笑别人的勤俭，那也不对。

骄奢淫逸

典出《左传》隐公三年：骄奢淫洗，所自邪也。

春秋时代，卫国国君卫庄公非常溺爱他的儿子州吁。州吁长大以后，由于父母的溺爱、娇惯，他非常任性，生活放荡，为所欲为，到处惹是生非，专横霸道。庄公对他听之任之，从不严加管教。

卫国的老臣、大夫石碏认为庄公如此放纵州吁，不但会坑害自己儿子的前途，而且还会危害国家。于是，他劝告卫庄公说："人们都说，父母喜爱孩子，就应该以道义教育他们，让他们走正道，决不能让他们走上邪路。对他们过分溺爱，就会使他们养成骄横跋扈、奢侈腐化、荒淫无度、好逸恶劳的恶习，这些都是从邪恶的道路上产生出来的。他们养成这些恶劣的习惯，就是由于父母不严加管教，过分溺爱。"

卫庄公没有听取石碏的忠告，州吁越来越坏。

卫庄公病死后，太子姬完继位当国君，称卫桓公。后来，州吁杀死哥哥卫桓公，自己当了国君。

州吁非常残暴，名声很坏，遭到卫国人民强烈反对。他篡位不到一年，老臣石碏联合陈国国君，巧施计谋，把州吁杀死。

骄奢淫逸

卫庄公娇惯、溺爱州吁，不但坑害了自己的儿子，而且给国家带来祸乱。

这句成语的意思是指骄横、奢侈、放荡、安逸都是走邪道的开始。成语"骄奢淫逸"即由此而来。这句成语常用来揭露剥削阶级荒淫无耻的糜烂生活。骄：放纵；奢：奢侈；淫：荒淫。

竭池求珠

典出《吕氏春秋·孝行览·必己》：宋桓司马有宝珠，抵罪出亡，王使人问珠之所在。曰："投之池中。"

于是竭池而求之，无得，鱼死焉。

宋国的司马桓有一颗宝珠，他犯了罪而逃亡在外，宋王派人去询问宝珠藏在什么地方。他说："扔到池子里去了·。"

宋王于是把池水淘干了去找宝珠，宝珠没有找见，却把池子里的鱼全给弄死了。

后人用"竭池求珠"比喻贪得无厌、财迷心窍的人，往往事与愿违，干出愚不可及的蠢事，给自己招来损失。

焦湖庙祝

典出《幽明录》：焦湖庙祝有柏枕，三十余年，枕后一小坼孔。

县民汤林行贾，经庙裨福。祝曰："君婚姻未？可就枕坼边。"

令林入坼内，见朱门、琼宫、瑶台，胜于世。见赵太尉，为林婚。育子六人，四男二女。选林秘书郎，俄迁黄门郎。林在枕中，永无思归之怀，遂遭违忤之事。祝令林出外间，遂见向枕。

谓枕内历年载，而实俄忽之间矣。

焦湖神庙里管理香火的人有一个柏木枕头，30多年了，枕头后面开裂了一个小孔。

县里有一个名叫汤林的行商，经过神庙时向神明祈祷幸福。管香火的人对他说："你结过婚没有？你可以靠近枕头的裂孔睡觉。"

管香火的人让他进入柏枕的裂孔中去，看见里面的朱红大门、瑰丽的宫殿、华贵的楼台，都胜于现实世界。汤林见过赵太尉，太尉便给他成婚。生了6个孩子，4男2女。先选任汤林为秘书郎，不久又升任黄门郎。汤林在柏枕中，再也没有思念家乡的念头，却遇到了许多不顺心意的事情。管理香火的人就叫他走出来，于是他又看见了原来的那个柏木枕头。

管理香火的人说："在枕头里经历了许多年头，可实际上只是一小会儿的时间呀。"

这则简短的故事比喻了虚幻的事情和欲望的破灭，或喻浮生如梦。

竭泽而渔

典出《吕氏春秋》：竭泽而渔，岂不获得，而明年无鱼。……

晋文公和楚国在城濮（今山东省濮县南）打仗；楚国的兵力比晋国的雄厚。文公问狐偃道："楚国的兵多，而我们的少，怎样才能打胜仗呢？"狐偃回答说："我听说讲究礼节的人，不怕麻烦；善于打仗的人，不厌欺诈。你用欺诈的方法好了。"文公把这话告诉了季雍，季雍当然不赞成，可是在当时的情势之下，别无他法，也不得不同意，但说："把池塘里的水抽干了来捉鱼，怎么会捉不到呢？但明年就没有鱼可捉了。把山上的树木烧光了打野兽，怎么会打不到呢？但明年就没有野兽可打了。现在虽然可以勉强使用欺诈的方法，可是以后就不能再用，这不是长远的计策！"

竭泽而渔

后人用"竭泽而渔"比喻只贪图眼前利益而不顾后果，或无止境地索取而不留余地。

金迷纸醉

典出《清异录·金迷纸醉》：痈医孟斧，昭宗时常以方药入侍。唐末窜居蜀中，以其熟于宫故，治居宅法度奇雅。有一小室，窗牖焕明，器皆金纸，光莹四射，金采夺目。所亲见之，归语人曰："此室暂憩，令人金迷纸醉。"

金迷纸醉

唐朝末年，有一个专治毒疮的医生，名叫孟斧。他因医术高明，经常进入皇宫为唐昭宗治病。后来，他因故逃出都城，到四川一个地方住了下来。因为他对皇宫里的生活比较熟悉，见过大世面，所以把他的住房修饰得十分新颖、雅致。他的住宅内装饰出一个玲珑典雅的小房间，窗户格外明亮洁净，室内的家具器物都贴着一层金纸，真是金光闪闪，满屋生辉。他的朋友见了，回去便对别人说："在孟斧那个小房间里待一会儿，满屋的金纸会使你变得眼花缭乱，如醉如痴。"

"纸醉金迷"，也作"金迷纸醉"，就是从这个故事来的。它的原意是说房间装饰得太漂亮了，使人感到如醉如痴，心荡目眩。后来，人们对它的意义加以引申，用来比喻穷奢极欲、挥霍无度的糜烂生活。

晋人好利

典出《龙门子凝道记》：晋人有好利者，入市区焉，遇物即攫之曰："此吾可羞也，此吾可服也，此吾可资也，此吾可器也！"攫已即去，市伯随而索其值。晋人曰："吾利火炽时，双目晕热，四海之物，皆若己所固有，不知为尔物也！尔幸与我，我若富贵当尔偿！"市伯怒鞭之，夺其物以去。傍有哂之者，晋人戟手骂曰："世人好利甚于我，往往百计而阴夺之。吾犹取之白昼，岂不又贤于彼哉？何哂之有？"

晋国有个好贪利的人，一天走到集市去，碰到东西就夺取过来说："这个我可以烹调美味呀，这个我可以穿戴服饰呀，这个我可以用作资本呀，这个我可以当做家庭器用呀！"夺了就走，管理集市的人便追上来要他付钱。

晋人说："我利欲急迫时，两眼晕花，头脑发热，四方的物品好像原都是我自己的，根本不知道是属于你的东西呀！你有幸把东西送我，我将来如果富贵了，一定好好地酬报你！"

管理集市的人愤怒地用鞭子抽他，夺回东西就离去了。旁边有人暗暗地讥笑他，晋人便叉着手骂道："世界上贪图利益的人比我厉害多了，他们千方百计去掠夺人家的财物。我只不过是在大白天公开地拿，难道我不比那些人强得多吗？还有什么可以讥笑的呢？"

后人用这则寓言说明对被剥削的人民群众来说，无论是大白天公抢，还是要阴谋诡计夺，其受害性质都是一样的，并没有什么"你是我非"的区别。

不过，这个好利的晋人，在夸耀自己大白天公开抢夺别人东西的"表里一致、心地坦率"的行为时，却极其有力地揭发了剥削社会的黑暗——即某些人"往往百计而阴夺之"的卑鄙伎俩。事实上，"百计而阴夺之"的人，是封建社会中压榨劳动人民的最普遍、最广泛、最凶残的野兽。只不过，他们表面上打扮成"笑面虎"，让人不觉而已。寓言揭示了这种欺骗性，是有战斗意义的。

静坐有益

典出《笑禅录》：举：《楞严经》云："纵灭一切见闻觉知，内守幽闲，犹为法尘分别影事。"说：一禅师教一斋公屏息万缘，闭目静坐。偶一夜，坐至五更，陡然想起某日某人借了一斗大麦未还，遂唤醒斋婆曰："果然禅师教我静坐有益，几乎被某人骗了一斗大麦！"

颂曰："兀坐静思陈麦帐，何曾讨得自如如；若知诸相原非相。应物如

静坐有益

同井辘轳。"

一位禅师教一位吃斋的人屏住呼吸、闭眼静坐的要诀。有一天晚上，斋人坐到五更天，突然想起某天某人借了一斗大麦还没有还，就叫醒他老婆说："禅师教我的静坐的法子真是有好处，差一点让某人骗走了一斗大麦！"

后人用这则寓言说明斋公屏息无缘、闭目静坐的结果，是想起了别人欠他一斗大麦的陈年老账。寓言通过这一生动的细节，揭露了禅师说教的虚伪。

九牛一毛

典出汉·司马迁《报任安书》：假令仆伏法受诛，若九牛亡一毛，与蝼蚁何以异？

汉武帝天汉二年，名将李广之孙李陵随贰师将军李广利出击匈奴。他被派遣带领弓箭手步兵5000深入匈奴国境，以分散敌军兵力，结果战败投降。

武帝非常生气，大臣们也都责骂李陵无用和不忠。这时太史令司马迁却为李陵辩护，说他只有5000步兵，被匈奴8万骑兵围困后，还是坚持打了10多天仗，杀敌一万多人，后来粮尽箭完，归路又被截断，才停止战斗，因此李陵不会是真投降，而是在伺机报国，他的功劳还是可以补他的失败之罪的。武帝听后大怒，将司马迁下在狱里。

接着，又误传李陵为匈奴练兵，武帝不把事情弄清楚，就把李陵的母亲和妻子杀了。司马迁也被定了"诬罔主上"的死罪。他想到自己的史学著作还没有完成，如果这时被杀，死得就像蝼蚁一样，轻于一根微毛，毫无意义。由于家贫，无力赎身，他最终接受了耻辱、残酷的宫刑，以顽强的毅力用余生完成了伟大的《史记》的写作。

司马迁把他思想转变的情况告诉了他的好友任少卿，后来的人便根据他信中所说的"九牛亡一毛"，引申成"九牛一毛"这句成语，用来比喻绝大多数里的一小部分，微不足道。

酒池肉林

典出《史记·殷本纪》：以酒为池，以肉为林。

殷纣王是历史上一个臭名昭著的昏君，他极端腐化，荒淫无道。整天沉醉于酒乐歌舞、女色之中，广修园囿，大养飞禽走兽。为了满足他的私欲，不惜耗费大量民财，于沙丘大建苑台，以酒为池，以肉为林，大肆挥霍。更为荒唐的是他还命令男女裸体在酒池中追逐嬉戏，这个腐朽的暴君就在池边通宵达旦地饮酒作乐。对于国事，胡作非为；他宠爱妲己，唯妲己之言是从。忠臣上谏，他充耳不闻。更有甚者，诸臣往往受到诛害。为此百姓怨声载道，诸侯多有反叛。由于殷纣王作恶多端，国事废弛，在人民的一片反对声中，被周武王赶下了台。

后人把"以酒为池，以肉为林"说成"酒池肉林"，用来形容穷奢极欲，或用来夸耀家境富裕。有时也用以形容酒肉之多。

开源节流

典出《荀子·富国》：故明主必谨养其和，节其流，开其源，而时斟酌焉。

《富国》，是阐述荀况经济思想的一篇重要著作。文章以富国之道为中心，提出了许多重要的经济思想和经济政策。荀况指出：若要国家富强，朝廷就要爱护百姓，使老百姓安居乐业，并积极参加生产。只有这样，才能增加积累，充实国库，使国家富强起来。荀况说田野与农村是财的本，官府的货仓和粮仓是财的末。百姓得到好的天时，耕作又适时，这是财货的源，按照等级征收的赋税纳入国库这是财的流。所以，贤明的君主必须谨慎地顺应时节的变化，开源节流，时时慎重地考虑这些问题。

根据荀况的这些论述，人们引申出了"开源节流"这句成语，比喻经济上增加收入，节省开支。

可折半直

典出《艾子杂说》：艾子见有人徒行，自吕梁托舟人以趋彭门者，持五十钱遗舟师。师曰："凡无赍而独载者人百金。汝尚少半，汝当自此为我挽牵至彭门，可折半直也。"

艾子看见一个徒步行走的人，从吕梁委托撑船人带他往彭城去，拿了50钱送给撑船师傅。

撑船师傅说："凡是不带行李独自一个乘船的人，要交100金船费。你缺少一半，就从这里开始，替我拉船纤，一直拉到彭城，即可抵作那一半价钱了。"

后人用这则寓言讽喻了财迷心窍的人。船价本来是百钱，但舟师却要拿50钱的人给他拉一道纤，以抵那一半的价钱。给他拉一道纤，不但分文不得，反倒赔50钱。这就叫做"可折半直"。私有制"推动了人们的卑劣的动机和情欲"，在这个故事里，不是也充分表现出来了吗？

李鬼劫路

典出《水浒传》第四十三回。

黑旋风李逵回沂水县接母亲上梁山泊。因沿途官府有榜文缉捕，他只得起早赶路，正走之间，来到一座大树林里。只见林中转过一条大汉，喝喊："知趣的留下买路钱！"李逵看那人黑墨搽脸，手拿两把板斧，便问："你是什么人，敢在这里拦路抢劫？"那大汉说："若问我名字，吓碎你心胆，老爷叫做黑旋风！你留下买路钱，便饶了你性命，让你过去。"

李逵一听，大笑说："你这家伙是哪里来的，也学老爷名字，在这里胡行！"说着，挺起朴刀直奔那汉子，只一朴刀就把那汉搠翻在地，一脚踏住胸脯，说出自己正是梁山上的好汉黑旋风李逵。那大汉听了，连忙求饶说："小人叫李鬼，不是真的黑旋风。因为爷爷在江湖上有名声，提起好汉大名，神鬼也怕，因此盗学爷爷大名，在此抢劫。"李逵大怒道："你在这里夺人的包裹行李，坏我的名声，岂能饶你！"说着，夺过板斧，要砍死他。李鬼欺骗说家中有个90岁的老母亲，无人赡养，乞求饶命。李逵听了，饶了他性命，给了10两银子做本钱，劝他改业养娘。

后来，李逵在一家酒店里，发现李鬼撒谎，还同姘妇合谋要害他，感到情理难容，捉住李鬼，结果了他的性命。

"李鬼劫路"，比喻用欺骗手段，盗取别人名誉，去干坏事。

麻雀请宴

典出《笑得好》：麻雀一日请翠鸟、大鹰饮宴。雀对翠鸟曰："你穿这样鲜艳的好衣服，自然要请在上席坐。"对鹰曰："你虽然大些，却穿这样的坏衣服，只好屈你在下席坐。"鹰怒曰："你这小人奴才，如何这样势利？"雀曰："世上哪一个不知道我是心眼小、眼眶浅的么！"

一天，麻雀请翠鸟、大鹰吃饭。麻雀对翠鸟说："你穿得这么艳丽，当然要坐在上席。"又对大鹰说："你虽然个头很大，但穿得这么破旧，只好屈居你在下席坐了。"大鹰气愤地说："你这个小人，竟然如此势利？"麻雀说："世界上谁不知道我心眼小、眼眶浅啊！"

后人用这则寓言说明作者篇末"评列"说："敬衣不敬人，遍地皆是，可见都是麻雀变来的"。这话骂煞世上的势利眼小人。寓言除揭露了这种敬衣不敬人的势利眼，还特别指出这些小人的奴才的本质特征——"心眼小、眼眶浅"。这一点十分重要，因为世上一切势利眼的小人奴才，他们必然又是"心眼小、眼眶浅"的人，两者相辅相成，不可或缺。

蛮触相争

典出《庄子·则阳》：魏莹与田侯牟约，田侯牟背之。魏莹怒，将使人刺之。

犀首公孙衍闻而耻之曰："君为万乘之君也，而以匹夫从仇！衍请受甲二十万，为君攻之，虏其人民，系其牛马，使其君内热发于背，然后拔其国。忌也出走，然后抶其背，折其脊。"

季子闻而耻之曰："筑十仞之城，城者即十仞矣，则又坏之，此胥靡之所苦也。今兵不起七年矣，此王之基也。衍乱人，不可听也。"

华子闻而丑之曰："善言伐齐者，乱人也；善言勿伐者，亦乱人也；谓伐之与不伐乱人也者，又乱人也。"

君曰："然则若何？"

曰："君求其道而已矣！"

惠子闻之而见戴晋人。戴晋人曰："有所谓蜗者，君知之乎？"

曰："然。""有国于蜗之左角者曰触氏，有国于蜗之右角者曰蛮氏，时相与争地而战，伏尸数万，逐北旬有五日而后返。"

君曰："噫！其虚言与？"

曰："臣请为君实之。君以意在四方上下有穷乎？"

君曰："无穷。"

曰："知游心于无穷，而反在通达之国，若存若亡乎？"

君曰："然。"

曰："通达之中有魏，于魏中有梁，于梁中有王。王与蛮氏，有辩乎？"

君曰："无辩。"

客出而君惝然若有亡也。

战国时期，有魏、齐两个国家。魏国有一个国君，即魏惠王（梁惠王），名莹；齐国有一个国君，即齐威王，名牟，他是齐桓公（小白）的儿子，所以称作田侯，在本故事中又称田侯牟。

有一次，魏惠王与齐威王定下盟约，约定魏、齐两国不相征伐。可是盟后不久，齐威王背弃了墨迹未干的盟约，向魏国挑衅。魏惠王发怒了，准备派人去刺杀齐威王。

魏国的虎牙将军（犀首）公孙衍听到这个消息，觉得行刺有损于魏国的威望，他感到羞耻，因而对魏惠王说："您是大国之君，拥有万辆兵车，却像匹夫那样去报仇！臣虽不才，愿率领甲兵 20 万，替您去讨伐齐国，掳掠其百姓，抢夺其牛羊，使齐威王因国破家亡而怒气攻心，疽发于背，然后攻下他的国家。我还要抓住齐军主将田忌，痛打他的后背，折断他的腰脊，然后班师凯旋，不亦快乐乎！"

这个消息，被魏国的贤臣季子听到了。他为公孙衍鼓吹伐齐感到耻辱，进谏说："城墙已经筑起了 7 丈高，用功非少，无事又要毁坏它，这是叫徒役之人滥遭辛苦啊。已经有 7 年没有战事了，干戈静息，偃武修文，这正是大王的基业啊。公孙衍是祸乱之人，大王不可听信他的话。"

季子进谏的消息，又被魏国的另一个贤臣华子听到了，他认为季子的一番话很丑恶，就对魏惠王说："巧言伐齐，兴动干戈，固然是祸乱之人；巧言不要伐齐，意在国势强大，胜于敌国，也是祸乱之人；巧言伐与不伐之人，心中还是充满了是是非非，所以同样也是祸乱之人。"这一番话，把魏惠王说糊涂了，他迷惑不解地问道："那么，应当怎么办呢？"华子干脆地说："好办，您虚心向道，苦苦追求虚无吧！这样，就会物我两忘，争夺自消了！"

华子的谏言被贤人惠子（惠施）听到了，他生怕魏惠王理解不了华子的话，就推荐梁国的贤人戴晋人（姓戴，字晋人）进一步劝谏魏惠王。戴晋人对魏惠王说："有一种小虫叫蜗牛，您知道吗？蜗牛角上曾经有两个国家，左角上的国家叫触氏国，右角上的国家叫蛮氏国。这两个国家经常为了争夺地盘而进行战争，结果双方都损失惨重，士兵们被杀死数万。失败后军士逃亡，15 天后才回到自己的国家。"

魏惠王说："吓，你说的话太怪诞了吧？"

戴晋人说："现在，我就为您证实一下此言不虚。您以为上下四方有穷尽吗？"

魏惠王说："上下四方没有穷尽。"

戴晋人说："您不妨闭上眼睛，想一想那浩瀚无际的宇宙天地，再回过头来想一想人迹所能到达的四海之内，那么，您在两相比较之下，是不是觉得这四海之内若有若无呢？"

魏惠王思忖了一会儿，说："怪事，还真是这样！我原来以为四海之内就够大呢！可是如今把它同浩瀚无际的宇宙加以比较，就觉得这四海之内，似乎存在，又似乎不存在。"

戴晋人说："您这样理解就对了。再往下说：四海之中有一个魏国；魏国被强秦所逼，迁都于梁，又称梁国，梁国是从魏国派生的，可以称作魏中有梁。而在梁国之中，才有大王您。您和蜗牛角中蛮氏国的国君相比，有什么区别吗？"

魏惠王说："看来，没有什么区别。"

戴晋人走后，魏惠王心神怅然，若有所失。

"蛮触相争"就是从这个故事来的。人们用它形容由于细小的事情而引起的争斗，也可以用以指追逐虚名薄利。

蒙子公力

典出《汉书·陈万年传》：时车骑将军王音辅政，信用陈汤。咸数赂遗汤，予书曰："即蒙子公力，得入帝城，死不恨。"后竟征入为少府。

汉元帝时期，御史大夫陈万年有一个儿子叫陈咸，字子康。陈咸沾父亲的光，18岁就在朝中当了郎官。他很有才能，敢于直言，得罪了不少大臣。一次，父亲陈万年病了，把陈咸叫到床前，耐心地劝说儿子要善于搞关系，不要得罪人。一直谈到深夜，陈咸却坐着睡了，头碰到了屏风上。陈万年大怒，要鞭打儿子，骂道："你老子教导你怎样做人，你反而睡着了，不听我的话，这是为什么？"陈咸叩头谢罪说："你说的话我全明白了，主要精神是教我学会溜须拍马。"陈万年听了，没有再说话。

汉成帝即位后，车骑将军王音执掌朝政，他很信任陈汤。陈咸看准了陈汤很有实力，就多次贿赂陈汤，并给他写了一封信，说："如果承蒙子公您的鼎力相助，让我回到京城做官，我死无遗憾。"本来，汉成帝即位之后，陈咸曾一度受牵连被免官，过了一阵子到南阳任太守。他和陈汤拉上关系后，竟被调入京城做少府。

"蒙子公力"就是从这个故事来的。它的意思是说，承蒙子公（陈汤）的大力帮助。人们用它比喻谄媚行贿，要求提拔、重用。

梦布染色

典出《笑禅录》：《圆觉径》云："此无明者非实有体，如梦中人梦时非无，及至于醒，了无所得。"说：一痴人梦拾得白布一匹，紧紧持定，天明，即蓬头走往染匠家，呼云："我有匹布做颜色！"匠曰："拿布来看。"痴人惊曰："唪！错了，是我昨夜梦见在。"颂曰：这个人痴不当痴，有人梦布便缝衣，更嗔布恶思罗绮，问是梦么答曰非。

后人用这则寓言把梦中的事当做现实，极深刻地揭露了痴人的贪心。梦是人们心理活动的一种反映，人们对某一事物朝思暮想，就在梦中相见。痴人梦见拾白布，醒来还想抱布去染店染色，在贪心这一点上，痴人不痴也。

梦中得金

典出刘元卿《应谐录》：尝闻一青衿，生性狡，能以诡计诳人。其学博持教甚严，诸生稍或犯规，必遣人执之，扑无赦。一日，此生适有犯，学博追执甚急，坐彝伦堂，盛怒待之。已而生至，长跪地下，不言他事，但云："弟子偶得千金，方在处置，故来见迟耳。"博士闻生得金多，辄怒之曰："尔金从何处来？"曰："得诸地中。"又问："尔欲作何处置？"生答曰："弟子故贫，无赀业。今与妻计，以五百金市田，二百金市宅，百金置器具，置童妾；止剩百金，以其半市书，将发愤从事焉，而以其半致馈先生，酬平日教育。完矣。"博士曰："有是哉！不佞何以当之？"逐呼使者，治具甚丰洁，延生坐，觞之，谈笑款洽，皆异平日。饮半酣，博士问曰："尔适匆匆来，亦曾收金箧中扃钥耶？"生起应曰："弟子布置此金甫定，为荆妻转身触弟子醒，已失金所在，安用箧？"博士蘧然曰："尔所言金梦耶？"生答曰："固梦耳。"博士不怿，业已款洽，不能复怒，徐答曰："尔自雅情，梦中得金犹不忘生，况实得耶！"更一再觞，出之。

这个故事的意思是：有个生员，性格狡猾，能用诡计欺骗人。学府里的博士管教很严格，生员们稍微犯点规矩，必定派人抓来，狠揍一顿，从不宽恕。有一天，这个生员恰好犯了规，博士追拿很急迫，坐在彝伦堂上，怒冲冲地等着他。过了一会儿，生员到了，长跪地下，不说别的事，只说："学生我偶然得到了 1000 金，正在处理，所以来见先生迟了。"博士听到生员得到的金子很多，就愤怒地说："你的金子是哪里得来的？"生员说："从地里挖到的。"又问道："你想怎样处理它？"生员回答说："学生我家里本来很穷，没有财物产业。今天我同妻子商量，打算用 500 金买田地，200 金买房产，100 金买器具，100 金买僮仆和婢妾；只剩下 100 金，用其中的一半买书，今后要发愤攻读，另一半送给先生，来报答您平日教育的恩德。"博士说："有这种事啊！我不才，凭什么接受你的金子呀？"于是，马上叫来管事的，准备了丰盛干净的酒席，请生员坐席，让他喝酒，又说又笑，十分亲切，都和平时不同。当酒喝到正高兴的时候，博士问道："你刚才匆匆忙忙来这里，也曾把金子收到箱子里锁上了吧？"生员站起来回答说："我把这些金子刚布置妥当，就被老婆一转身把我碰醒了。已经不见了金子，哪里还用得着箱子呀？"博士一听，吃惊地说："你所说的金子的事是做梦吗？"生员回答说："本来就是做梦啊！"博士很不高兴，然而已经表示亲切了，不好再发怒，只得慢腾腾地回答说："你对我还是有很好的情意的。梦里得了金子还不忘记我，何况是真的得到了呢？"就又给他喝了一两杯酒，然后叫他出去了。

这篇寓言讽刺并揭露了那些贪财好利者的虚伪无耻。他们道貌岸然，表面严肃认真，一丝不苟，然而只要听说有外财可得，便什么道理、规矩都不讲了，脸面也不要了。

莫砍虎皮

典出《笑得好》：一人被虎衔去，其子要救父，因拿刀赶去杀虎。这人在虎口里高喊说："我的儿，我的儿！你要砍，只砍虎脚，不可砍坏了虎皮，才卖得银子多！"

一个人被老虎叼走，他的儿子要去救他，就拿起刀赶去杀虎。那个人在老虎嘴里大声喊道："我的孩子，你要砍，千万只能砍脚，不要砍坏了虎皮，那可以卖很多银子呢！"

后人用这则寓言说明作者在篇末"评列"中点明主旨道："死在顷刻，尚顾银子，世人每多如此，但不自知耳！""不自知"的原因，在于私有欲蒙蔽了其人的眼睛。世界上一切事物，只要到了其人眼下，就被确认是他的私有财产了，哪怕是对正在吞食他的老虎，他都不顾性命反而先去挂念那张虎皮可卖大银子，岂不可悲也哉！万恶的私有欲扭曲了人的性格，"莫砍虎皮"的故事不只是可笑的，还可令人一哭！

牧竖拾金

典出《贤弈编》：有牧竖子，敝衣蓬跣，日驱牛羊牧冈间，时时扼嗌而歌，意自适也，而牧职亦举。一日，拾遗金一铢，纳衣领中。自是歌声渐歇，牛羊亦时散逸不扰矣。

有个牧童，破衣烂衫，蓬头赤足，每天赶着牛羊群到山冈郊野中去放牧，常常放开喉咙唱着歌，他的思想自由自在，放牧的任务也完成得不错。

有一天，牧童拾到了一铢钱，装在衣领中。从此以后，他的歌声逐渐消

牧竖拾金

失了，牛羊也时常四面逃散不顺从他的驯养了。

后人用这则寓言说明心中无私，便能"意自适""职亦举"。当牧童放牧放声高歌时，是由于他无忧无虑、心情坦然，而能享尽人生旷达的乐趣。而一旦私心内生，偶然拾钱一铢，即整天患得患失，六神无主，这不仅使他欢乐尽消，连牛羊也不再听他的话了。可见私有欲是坑害人性的本原，它会把"君子"转化为"小人"的。

狙公养狙

典出《列子·黄帝》：宋有狙公者，爱狙，养之成群。能解狙之意，狙亦得公之心。损其家口，充狙之欲。俄而匮焉，将限其食。恐众狙之不驯于己也，先诳之曰："与若芋，朝三而暮四，足乎？"

众狙皆起而怒。

俄而曰："与若芋，朝四而暮三，足乎？"

众狙皆伏而喜。

宋国有个养猴子的老人，喜爱猴子，养了一大群。他能理解猴子的意思，猴子也很顺狙公的心意。狙公设法减省家人的口粮，以满足猴子的要求。

没多久，家里的口粮短缺了，准备限制猴子的食粮。他害怕猴子不顺从自己，便先欺骗它们说："给你们橡子吃，早上三颗，晚上四颗，够吗？"猴子们听了嫌少，纷纷跳起来，非常恼怒。

过了一会，狙公又改口说："以后给你们橡子，早上四颗，晚上三颗，这够吃了吗？"猴子们听了，都俯伏在地上，十分高兴。

后人用"狙公养狙"一方面说明猴子的愚蠢，心目中有偏见，往往使自己受骗。另一方面也反映了狙公的诡计多端。

妻怒而去

典出《说苑·正谏》：当桑之时，臣邻家夫与妻俱之田。见桑中女，因往追之，不能得。还及，其妻怒而去之。

臣知其旷也。

当采桑的季节，我邻家的丈夫和他妻子一同到田野里去。丈夫看见桑林里有一个采桑的姑娘，便去追逐她，结果没有弄到手。回到家里，他的妻子愤怒地离开他而去了。

我笑这邻家的丈夫反成了一个没有妻子的男人了。

这个寓言的普遍意义，是叫人不要贪图非分，如果有过多的非分贪图，恐怕连分内的东西也要失去的。赵简子举兵攻齐，下令三军，有敢谏阻的，罪至死。有被甲之士名叫公庐，望见简公，仰天大笑。简公问他笑什么。公庐便讲了"妻怒而去"这个故事，最后解曰："臣笑其旷也。"这是说"赵简公不但攻齐不会得手，归来恐怕连赵也保不住哩"！赵简子听了，似有所悟，便说："今吾伐国失国，是吾旷也。"于是罢师而归。

齐人攫金

典出《吕氏春秋·先识览·去宥》：齐人有欲得金者，清旦被衣冠，往鬻金者之所，见人操金，攫而夺之。吏搏而束缚之，问曰："人皆在焉，子攫人之金，何故？"

对吏曰："殊不见人，徒见金耳！"

齐国有个人想得到金子，清早穿上衣服戴上帽子，到卖金子的交易所去，看见人家手里拿着金子，一把抓住夺了过来。差吏当场逮住他，把他捆绑起来，问道："人都在这里，你抢夺别人的金子，是什么缘故呢！"

他回答说："根本没有看见人，只看见金子罢了！"

后人用"攫金者"说明这个攫金者之所以在大庭广众之下干出抢夺金子的事情，据他自己说，是"殊不见人，徒见金耳"，这就叫财迷心窍。它告诉我们，当一个人受了某种坏思想所支配的时候，往往会干出正常人所难以理解的事情来。

岂辱马医

典出《列子·说符》：齐有贫者，常乞于城市。

城市患其呕也，众莫之与。遂适田氏之厩，从马医作役而假食。

郭中人戏之曰："从马医而食，不以辱乎？"

乞儿曰："天下之辱莫过于乞，乞犹不辱，岂辱马医哉？"

齐国有一个贫穷的人，时常在城市里讨饭。

城市里的人讨厌他老是来讨饭，谁也不给他东西吃。他就到田氏家的马棚里，跟随着马医做杂活混口饭吃。

城里的人们看见了就戏弄他说："跟随着马医吃口剩饭，你不感觉到耻辱吗？"

乞儿说："天下的耻辱莫过于讨饭，讨饭我都不感觉到耻辱，跟随马医又算得了什么耻辱呢？"

这则寓言深刻地戳穿了私有制剥蚀人的同情心。看这"小市民"多么奇怪："众

岂辱马医

莫之与"，而又笑人家"从马医而食，不以辱乎？"真是一幅喊喊喳喳的小有产者的讽刺画。

巧偷豪夺

典出宋周辉《清波杂志》卷五：老米酷嗜书画，偿从人借古画自临拓。拓竟，并与真赝本归之，俾自择而莫辨也。巧偷豪夺，故所得为多。

宋代，有一个才华出众的书画家，叫米芾（1051—1107 年），字元章。他行为怪异，与众不同，被称作米颠。他的儿子米友仁（1085—1165 年）也是一个著名的书画家，人称小米。因此，米芾也被称作老米。

米芾酷爱书画，曾从别人那里借来一幅古画，亲自临摹下来。临摹完毕，他把真本与摹本一并还给人家，弄得人家左观右察，也辨别不出真伪。他用这种巧妙的手段骗取真本，如同用武力强夺他人的财物，所以他得到了许多珍贵的书画。

"巧偷豪夺"就是从这个故事来的。人们用它指用巧妙的手段骗取，或凭武力强夺他人的财物。"巧豪夺"也作"巧取豪夺"。

轻裘肥马

典出《论语·雍也》：子华使于齐，冉子为其母请粟。子曰："与之釜。"请益。曰："与之庾。"冉子与之粟五秉。子曰："赤之适齐也，乘肥马，衣轻裘。吾闻之也。君子周急不继富。"

春秋时期，孔子的学生公西赤（字子华）有一次出使到齐国。冉求替他母亲向孔子请求小米补助。孔子说："给他 6 斗 4 升。"冉求请求再多给一点儿。

孔子说："再给他 16 斗。"冉求却给他 80 斛。孔子说："公西赤到齐国去，坐着肥马驾的车子，穿着又暖又轻的皮袍。我听说过：君子只救济急需的人，而不给富裕的人。"

釜：古代量名。1 釜等于 6 斗 4 升。

庾：古代量名。1 庾等于 16 斗（一说 2 斗 4 升）。

秉：古代量名。1 秉 16 斛，1 斛 10 斗，5 秉是 80 斛，即 800 斗。

"轻裘肥马"就是从这个故事来的。裘：皮衣。人们用"轻裘肥马"这个典故形容生活豪华。

倾家赡君

典出《笑林》：汉世有老人，无子，家富，性俭啬。恶衣蔬食，侵晨而起，侵夜而息；营理产业，聚敛无厌，而不敢自用。

或人从之求丐者，不得已而入内取钱十，自堂而出，随步辄减，比至于外，才余半在，闭目以授乞者。寻复嘱云："我倾家赡君，慎勿他说，复相效而来。"

倾家赡君

老人饿死，田宅没官，货财充于内帑矣。

在汉朝有一个老人，没有儿子，家中富有，性格节俭而吝啬。整天粗衣淡饭，天刚亮就起床，晚傍黑就睡觉；经营产业，搜刮剥削从不满足，却不轻易自己使用一个钱。

有人跟随着他，向他苦苦哀求施舍，他没办法只得从内室取出积钱10个，从堂屋出来后，随走随减，等走到外面，只剩下钱的半数了，他还心痛地闭上眼睛塞给那个求乞的人。过了一会还叮嘱那人道："我已经把全部家当都送给你了，可千万不要对外人说，不然他们会效法你而跑来求我的。"

老人不久死去了，他的田宅全部没收，金银财宝也都充实国库了。

这篇寓言讽刺了悭吝人的可笑形象、可悲下场。虽然可悲，却引不起人的同情，愈见其可笑耳。

杀鸡取卵

典出《伊索寓言》：

在古代希腊，流传着这样一个故事：

有一个贪婪的人，家里喂养一只母鸡。他每天拿鸡下的蛋去卖钱。然而卖鸡蛋的钱毕竟有限，不够他花销，所以他整天苦思苦想，妄想能有一天发大财。

一天清晨，他照例去鸡窝，摸鸡蛋。他将母鸡刚下的鸡蛋托在手上，"嗬，鸡蛋怎么这样黄呀？"原来这枚鸡蛋与别的蛋不同，它的蛋皮是金黄色的，还有一点发亮。他突然放声大笑："哈哈，这是金蛋呀！我发财的时运到了，这鸡肚子里一定有很多金蛋，不然怎么会下金蛋？！"

他回屋拿起尖刀，一刀将母鸡杀死，剖开鸡肚子，又小心翼翼地切开鸡胃、鸡肠，甚至把鸡血管也翻腾一遍，然而什么东西也没有发现，不用说金蛋，就是铁蛋也没有一个！他失望了。他倚在门框上悲哀地自言自语说："全完了！连一只下蛋的母鸡也没了！"

人们从这个故事中概括出一句"杀鸡取卵"，作为现代汉语的成语用以比喻贪得无厌的人营求暴利，也比喻贪图眼前微小利益而损害长久利益。

杀妻求将

典出《史记·孙子吴起列传》：吴起者，卫人也，好用兵。尝学于曾子，事鲁君。齐人攻鲁，鲁欲将吴起，吴起取（同"娶"）齐女为妻，而鲁疑之。吴起于是欲就名，遂杀其妻，以明不与齐也，鲁卒以为将。

战国时期，卫国有一个名叫吴起的人，很善于用兵。他曾经跟孔子的弟子曾参求学，侍奉过鲁国的一个国君（以年代推算，当为穆公）。有一次，齐国派兵攻打鲁国，鲁国国君想任命吴起为将领，率兵拒敌。但是，由于吴起的妻子是齐国人，鲁君便有些顾虑。吴起这个人的特点是，只要自己成名立业，便不择手段谋求实现它。他把自己的妻子杀掉，以此来表明自己不依附齐国。鲁君终于任命他做了大将。

后来，吴起又在魏、楚当官，终被楚国大臣杀害。

"杀妻求将"就是从这个故事来的。人们用它比喻为了求取高官厚禄而不惜做出伤天害理的勾当。

诗人无耻

典出《七修类稿》：近见金华一友，惯游食于四方，以卖诗文为名，而实干谒朱紫。有私印一颗，其文云："芙蓉山顶，一片白云。"其自拟清高如此。友人商履之嘲曰："此云海日飞到府堂上。"闻者绝倒。

最近看见金华的一位朋友，经常游食在四方，以卖诗文为名，而实际却想借此求请高官显贵。他有私人印章一颗，上面刻的文字是："芙蓉山顶，一片白云。"他自比清高如此。

友人商履之嘲笑他说："这片云彩天天飞到官府的厅堂上！"

听说这话的人都为之大笑而不能自持。

这则寓言说明封建社会知识分子的理想道路是："十年寒窗苦，一举成名天下知。"即或他们身在江湖，也是心系魏阙，想走终南捷径，像孔子那样待价而沽。一片白云天天想飞到官府的厅堂上去，形象而深刻地表现了封建社会中追求功名利禄的知识分子的心理状态。

豕虱濡需

典出《庄子·徐无鬼》：濡需者，豕虱是也。择疏鬣自以为广宫大囿，奎蹄曲隈，乳间股脚，自以为安室利处，不知屠者之一旦鼓臂布草操烟火，而己与豕俱焦也。

有种苟且偷安的东西，就是寄生在猪身上的那些虱子。

它们选择在粗疏的毛鬣之间回旋，自以为占据的是帝王宽广的宫廷和园林，洋洋自得；拥挤在股胯蹄脚和乳房之间曲深隐蔽的地方，还以为得天独厚地生活在宁静富饶的乐园而欢天喜地。

却不知，一旦屠夫到来，动手屠宰，点火燎毛，自己将和猪一起同归于尽。

"豕虱濡需"这个典故告诉人们，那些在个人小天地里苟且偷生、自我陶醉的人，就像猪身上的虱子一样，不会有什么好命运。

石家蜡薪

典出《晋书·石崇传》：（石崇）财产丰积，室宇宏丽。后房百数，皆曳纨绣，珥金翠。丝竹尽当时之选，庖膳穷水陆之珍。与贵戚王恺、羊琇之徙以奢靡相尚。恺以饴澳釜，崇以蜡代薪。

石崇（249—300年），字季伦，西晋渤海南皮（今河北南皮东北）人。他生于青州，所以小名叫齐奴。父亲石苞临死时，把家财分给其他儿子，偏偏不分给石崇。石崇的母亲打抱不平，石苞说："别看齐奴年纪小，但是很聪明，他日后能自己发财呢。"石崇开始时当了修武令，

石家蜡薪

接着青云直上，当上侍中。在担任荆州刺史时，用劫掠客商的手段发了横财。

石崇财产丰富，堆积如山，华室丽殿，宏伟壮观。姬妾数百，个个都穿绢帛锦绣，戴着金翠首饰。欣赏音乐歌舞都要选取当时最拔尖的，一食一饮都要尝遍水陆的珍稀美味。他与贵戚王恺等人竞相比赛奢侈浪费。王恺用糖稀刷洗锅子，石崇就以蜡代替柴烧。

"石家蜡薪"就是从这个故事来的。它的意思是，石崇家以蜡当柴烧。人们用它形容达官贵人奢侈靡费。

石牛粪金

典出《刘子·贪爱》：昔蜀侯性贪，秦惠王闻而欲伐之。山涧峻险，兵路不通。乃琢石为牛，多与金帛，置牛后，号牛粪之金，以遗蜀侯。蜀侯贪之，乃堑山填谷，使五丁力士以迎石牛，秦人帅师随后，而至灭国亡身，为天下所笑。以贪小利失其大利也。

从前，四川西部有个蜀国，它的君主生性贪婪，秦国国君惠王了解了蜀

侯的为人，就想利用蜀侯的弱点去讨伐它。蜀国的道路险峻，山岩陡峭，涧水深急，进兵的路线不通。惠王于是请人雕琢一只石牛，把很多的金银绸缎放在牛屁股后面，宣称这是石牛屙的。派人告诉蜀侯，要把这举世罕见的宝贝送给他。蜀侯贪得无厌，于是挖开悬岩，填平山谷，派遣5个壮健的勇士去迎接石牛。哪里知道，秦国人早已率军队暗暗地跟在石牛后面，一到山路打通，秦军就一拥而进。蜀侯因此国灭身亡，被天下所取笑。因为一心想占小便宜，结果反而吃了大亏。

故事劝诫人们：切莫贪小失大，因利忘害。

蜀贾三人

典出《郁离子》：蜀贾三人，皆卖药于市。其一人专取良，计入以为出，不虚价，亦不过赢。一人良、不良皆取焉，其价之贱贵，惟买者之欲，而随以其良、不良应之。一人不取良，惟其多，卖则贱其价，请益则益之，不较。于是争趋之其门之限，月一易，岁余而大富。其兼取者，趋稍缓，再期亦富。其专取良者，肆日中如宵，旦食而昏不足。

有3个四川商人，都在市场上卖药。其中一个商人专门选质地优良的药卖，计算买入的成本而卖出，并不漫天要价，也不过分赚取利润。另一个商人，则把质地优良和低劣的药材全都一齐卖，至于价钱的贵贱，只看买药者的愿望而定，而且还顺应买药人说"这是好药、那是次药"的说法应答着。还有一个商人，不选取质地优良的药材，只是贪多，卖时贱价处理，买药人要求多拿点他就增添一点，并不计较。于时，买药人纷纷争赴他的家门，把门槛都踏破了，每月一换，过了一年就发了大财。那个兼卖好药和次药的商人，买他药的人略微少一些，但过了两年也富裕起来了。只有那个专门选取良药的商人，把地摊摆在大太阳底下，也像夜间一样冷清，有时早晨吃过饭，晚上就没有啥吃的了。

后人用这则寓言揭示了旧时商人的投机取巧、牟取暴利的卑鄙手段。作为一个商人，他越是"不取良"，并"贱其价"，再装出一副"请益则益之的假慈悲面孔"，他就能够赚大钱，甚至会被买者挤破了大门；相反，作一个忠实商人，他售货"专取良"，又"计入以为出，不虚价，亦不过取"，虽"肆日中"，也将落个"吃了早饭顾不上晚饭"的可悲下场。——欺诈者为贤能，忠廉者为痴呆。封建社会中官场生活的黑暗现状，极其类似此种商人行径。因而作者在篇末借郁离子的口感叹着说："今之为士者亦若是夫。昔楚鄙三县之尹三：其一廉而不获于上官，其去也，无以就舟，人皆笑以为痴；其一择可而取之，人不尤（怪罪）其取，而称其能贤；其一无所不取（到处搜刮），以交于上官，子吏卒而宾富民，则不待三年，举而任诸纲纪之司（掌管国家纲纪的大官），虽百姓亦称其善，不亦怪哉！"

束氏狸狌

典出《龙门子凝道记》：卫人束氏，举世之物，咸无所好，唯好畜狸。狸，捕鼠兽也，畜至百余，家东西之鼠捕且尽。狸无所食，饥而嗥，束氏日市肉啖之。狸生子若孙，以啖肉故，竟不知世之有鼠，但饥辄嗥，嗥辄得肉食。食已，与与如也，熙熙如也。南郭有士病鼠，鼠群行有堕瓮者，急从束氏假狸以去。狸见鼠双耳耸，眼突露如漆，赤鬣，又磔磔然，意为异物也，沿鼠行不敢下。士怒，

束氏狸狌

推入之。狸怖甚，对之大嗥。久之，鼠度其无他技，啮其足，狸奋掷而出。

卫国有个姓束的人，他对世间的东西都不喜好，就是爱养猫。猫，是捕老鼠的动物，他养了100多只，家里周围所有的老鼠都被捕完了。猫没吃的了，饿得整天嚎叫，束氏只好每天到市上买肉给它们吃。猫生了儿子又生了孙子，因为经常吃肉的缘故，竟然不知道世界上还有老鼠，只知道饿了就叫，一叫就得到肉吃，吃完了肉就安闲舒适地走走，非常欢欣愉快。

城南有个读书人，家中正遭鼠患，老鼠成群结队地出来乱窜，甚至跌落到水瓮里去，他急忙到束氏家借了猫回去。猫看见老鼠有两只耳朵高高竖着，眼睛突露像黑漆一样贼亮，有红色的胡子；唧唧吱吱地乱叫，便以为是什么怪物呢，所以只是沿着老鼠走过的路慢慢地爬，不敢下去捕捉。这读书人生气极了，就把猫推到老鼠堆里去。猫害怕极了，只对着老鼠嚎叫。过了一会儿，老鼠估计它没有什么本领，就去咬它的脚，猫吓得奋力一跳，返身逃跑了。

作者的本意，原在讽刺宋末"冗官冗兵"的腐败现象，说"武士世享重禄，遇盗辄窜者，其亦狸哉"！军队过分地享乐腐化，是打不了仗的，所以一旦遇到民族危难，就束手无策，丧权辱国。然而这则寓言的形象意义大于作者的创作思想。

后人用这则寓言说明凡是过分享乐、久处舒适环境，就会消磨和改变人们的战斗意志——矛盾的双方依一定的条件相互转化着。在这里，"条件"往往起决定性作用，应该引起人们的警惕。

贪得无厌

典出《史记·赵世家》：襄子立四年，知伯与赵、韩、魏尽分其范、中行故地。……知伯益骄，请地韩、魏，韩、魏与之；请地赵，赵不与，以其围郑之辱。知伯怒，遂率韩、魏攻赵。赵襄子惧，乃奔保晋阳。……三国攻晋阳，岁余……襄子惧，乃夜使相张孟同私于韩、魏。韩、魏与合谋，以三月丙，三国反灭知氏，共分其地。

知伯是战国时代野心勃勃的人，不断想扩展自己的土地，有一次，他联合赵、韩、魏三国的兵，去攻打中行氏，把中行氏灭掉，侵占了中行氏的领土。他休息了几年，又派人去向韩国要求割地，韩国怕他，给了他一块有一万户人家的地方。知伯很欢喜，又派人去向魏国要求割地，魏国本想不给，但怕他起兵攻打，只好也和韩国一样，给了他一块土地，知伯更欢喜了，又派人到赵国去，要求割让蔡和皋狼的地方。赵襄王不给他，知伯暗中勾结韩、魏两国去征伐赵国。赵襄王采纳了张孟谈的计策，迁到晋阳去住，准备充足的粮食和兵器去抵抗知伯。知伯把晋阳围攻了 3 年，始终没有办法攻打下来。这时赵襄王的粮食差不多要完了，着急起来，于是又叫张孟谈去游说韩、魏两国，建议他们联合赵国，倒戈攻打知伯，韩、魏答应了。赵国乘夜出兵，韩、魏两国也响应，结果把知伯击败，杀死了知伯，最后弄得身死地分。那时的人，都讥笑知伯是"贪得无厌"的报应。

后人用"贪得无厌"指贪求权势、财利的愿望永远没有满足的时候。

贪贿无艺

典出《国语·晋语八》：骄泰（骄横放纵）奢侈，贪欲无艺。这句成语原作"贪欲无艺"。

春秋时，有一个叫叔向的人去见韩宣子。韩宣子对他说："我名义是卿（古代国君之下的一种官衔，分为卿、大夫、士三级），位在国君之下，可财富却不多。"叔向听了，马上向韩宣子表示祝贺。韩宣子感到奇怪，问道："我现在已经不能同卿大夫们平起平坐了，正在为此事发愁，你为什么反而向我祝贺呢？"

　　叔向说："从前，栾武子做上卿的时候，才有 100 个人，200 顷地，家里没有什么祭祖用的器皿，他只是按照先王的法令和德行办事。这种行为被远方诸侯听说了，都来同他交朋友，连住在西方和北方的部族也来归顺他。可是到他儿子桓子继位以后，十分横暴又大肆挥霍。他用不正当的手段，抢夺了大量的财富。这种行为本来应该受到惩罚，只是因为他父亲的德行，才没有受到灾祸。现在，你就像当年的栾武子那样，没有很多财富，我认为这样你就可以实行德政，不致遭到灾祸，所以向你祝贺。"

　　后人用"贪贿无艺"这个典故比喻贪污受贿没有止境。贿：财物；艺：限度，尽头。

贪狼食肉

　　典出《聊斋志异·狼》：有屠人货肉归，日已暮，一狼来，瞰担中肉，似甚垂涎，步亦步，尾行数里。屠惧以刃，则稍却，即走，又从之。屠无计，默念狼欲者肉，不如姑悬诸树而蚤取之。遂钩肉翘足挂树间，示以空空，狼乃止。屠即径归，昧爽往取肉，遥望树上悬巨物，似人缢死状，大骇。逡巡近之，则死狼也，仰首审视，见口中含肉，肉钩刺狼腭，如鱼吞饵。

　　有个屠户卖肉归来，天色已晚。忽然，一只恶狼走来，窥视着他担中的剩肉，显出一副垂涎欲滴的样子。这只狼，人走它也走，紧跟不舍，

贪狼食肉

一直尾随了好几里地。

屠户用刀吓唬，狼稍稍退却。等他转身一走，就又跟上来。屠户没办法，心想，狼要得到的是肉，不如暂且把肉悬挂在树上，明天一早再来取走。于是就用肉钩钩住肉，踮起脚尖挂在树枝中间，并向狼示意担子已空，恶狼这才停止跟踪。

屠户一直回到家中，第二天黎明时，返回来取肉，远远望见树上悬挂着一个很大的东西，像人吊死一样，心里十分害怕。他提心吊胆地走近，才发现是只死狼。抬头细细一看，只见恶狼嘴里含着肉，肉钩刺穿了它的上腭，好像鱼吞食了钓饵一样。

后人用"贪狼食肉"这个典故告诉人们一种对付贪婪凶狠敌人的办法，利用其垂涎于"肉"的本性，设下钓饵，诱其上钩，置其于死地。

滕薛争长

典出《左传》隐公十一年：十一年春，滕侯、薛侯来朝，争长。薛侯曰："我先封。"滕侯曰："我，周之卜正也。薛，庶姓也，我不可以后之。"

公使羽父请于薛侯，曰："君与滕君，辱在寡人。周谚有之曰：'山有木，工则度之；宾有礼，主则择之。'周之宗盟，异姓为后。寡人若朝于薛，不敢与诸任齿。君若辱贶寡人，则愿以滕君为请。"

薛侯许之。乃长滕侯。

西周时期，有许多大小不等的诸侯国。其中一个诸侯国的国名叫滕，另一个诸侯国的国名叫薛。滕、薛两国都是侯爵国，滕是姬姓侯爵，其国君称为滕侯；薛是任姓侯爵，其国君称为薛侯。

鲁隐公十一年（公元前712年）春天，滕侯和薛侯到鲁国朝见鲁隐公，两个人都争着排在前头为长。薛侯说："薛的祖先奚仲是在夏代受封的，立国在滕国之先，所以应当位居前列。"滕侯说："滕国的祖先曾经当过周天子的卜正官。况且滕与周室同姓姬，我滕侯不能排在异姓薛侯之后。"

事后，鲁隐公派遣羽父去劝说薛侯，对他说："承蒙您和滕侯来鲁国慰问，真是不敢当。周人有句俗话说得好：'山上有树，工匠才能派它的用场；宾客有礼，主人才会选择合适的礼仪予以招待。'周室的同宗结盟制度规定，凡是不与主盟同姓的诸侯都居下位。假如鲁君到薛朝见薛君，自然不敢同任姓的诸侯同列为长。您如果愿意屈尊来到敝国，请允许滕君居先为长。"

薛侯答应了，就让滕侯居上为长了。

"滕薛争长"就是从这个故事来的。它的本来意思是，滕侯和薛侯来周朝拜时互相争夺席次。后来人们用它表示争夺尊位，争居首位。

田主见鸡

典出《新镌笑林广记》：一富人有余田数亩，租与张三者种，每亩索鸡一只。张三将鸡藏于背后，田主遂作吟哦之声曰："此田不与张三种。"张三忙将鸡献出，田主又吟曰："不与张三却与谁？"张三曰："初间不与我，后以与我，何也？'田主曰：'初乃无稽（鸡）之谈，后乃见机（鸡）而作也。"

一个富人有几亩多余的田，租给张三种，每亩田要一只鸡。张三把鸡藏在背后，富人就喃喃地说："不把这片田给张三种。"张三马上把鸡拿出来，富人又说："不给张三那给谁？"张三说："一开始不给我，后来又给我，这是为什么？"富人说："开始是无稽（鸡）之谈，后来是见机（鸡）行事嘛。"

后人用这则寓言揭示了田主的极度贪婪，也刻画了他舞文弄墨、见机行事的无耻伎俩。旧社会有些读书人，不把知识当做为民造福的工具，却把知识当做欺民骗财的手段。

豚蹄禳田

典出《史记·滑稽列传》：威王八年，楚大发兵加齐。齐王使淳于髡之赵请救兵，赍金百斤，车马十驷。淳于髡仰天大笑，冠缨索绝，王曰："先生少之乎？"髡曰："何敢！"王曰："笑岂有说乎？"髡曰："今者臣从东方来，见道傍有禳田者，操一豚蹄，酒一盂，祝曰：'瓯窭满篝，污邪满车。五谷蕃熟，穰穰满家。'臣见其所持者狭而所欲者奢，故笑之。"于是齐威王乃益赍黄金千镒，白璧十双，车马百驷。髡辞而行，至赵。赵王与之精兵十万，革车千乘。楚闻之，夜引兵而去。

公元前 371 年，楚国派兵大举进犯齐国。齐威王命令辩士淳于髡到赵国请求援兵，临行之际，齐威王叫他带 100 斤黄金、10 辆马车，作为献给赵王的礼物。淳于髡仰天哈哈大笑，笑得下颏尽往下沉，把系帽子的带子都绷断了。齐威王大惑不解，问淳于髡道："先生嫌它少么？"淳于髡诙谐地回答说："那我怎么敢呢？"齐威王又问："你仰天大笑，大概有什么原因吧？"淳于髡回答道："今天我从东方来，看见路边有一个人在向神祈祷田地丰收。他手拿一个猪蹄和一碗酒，向田神祷告道：'让我在高地上收获的谷物盛满笼子，让我在肥沃田地收获的谷物装满车辆。愿我所种的五谷都茂盛丰熟，愿我收获的谷物多到塞满屋子。'我见他拿出去的少而要回的多，所以才这样发笑。"齐威王明白了淳于髡的用意，于是增加黄金千镒、白璧 10 双、车马百辆。淳于髡带上这些重礼，辞别威王，到达赵国。赵王借给他精兵 10 万，战车千辆。楚军听到这个消息，连夜撤退了。

"豚蹄禳田"就是从这个故事来的。它的意思是，用猪蹄祈祷田地作物丰收。人们用它比喻给人的很少，索取的很多。

"大笑绝缨"也是从这个故事来的。它的意思是，大笑不止，把系帽子的带子都绷断了。人们用它形容为某种可笑的事而哈哈大笑。

剜股藏珠

典出《龙门子凝道记·秋风枢》：海中有宝山焉，众宝错落其间，白光煜如也。海夫有得径寸珠者，舟载以还，行未百里，风涛汹簸，蛟龙出没可怖。舟子告曰："龙欲得珠也，急沉之，否则连我矣。"海夫欲弃不可，不弃又势迫，剜股藏之，海波遂平。至家出珠，股肉溃而卒。

海里有座宝山，有许许多多奇珍异宝，交错杂陈，藏在里边，光芒四射，耀人眼目。

有个航海的人得到一颗直径一寸的明珠，乘船把它运回家。航行不到百里，突然风起浪涌，船身颠簸，只见一条蛟龙在海涛中出没，样子十分可怕。船工劝他说："蛟龙是想得到那颗明珠啊！请您赶快把它沉入水中，否则就会连累我了。"航海的人心中左右为难：丢掉吧，实在舍不得；不丢吧，情势所迫，又怕大难临头。于是，剜开大腿上的肉，把珠子藏了进去。风浪也随即平息下来。

这个航海人回到家里后，取出了明珠，但不久，便由于大腿上的肉溃烂而死去了。

后人用"剜股藏珠"这个典故告诫人们，做事情切不可轻重倒置。否则，就像这个航海人，为了一颗明珠而丧失了生命。后果不堪设想。

唯利是图

典出《左传》成公十三年：余（我）虽与晋出入，余唯利是视。

春秋时，秦、晋两国在令狐（今山西省临猗县）定了和好的盟约。不久，秦国却又同狄人以及楚国联合，并鼓动他们去打晋国。

由于秦国背约，晋国于公元前 578 年派吕相去和秦国绝交，并指责秦国破坏秦、晋的友好关系。吕相在和秦桓公论争时，曾经引用秦桓公过去说过的话揭露秦国背信弃义。吕相说："大王过去就说过。秦国同晋交往，除了唯利是图以外，没有别的目的。"

后人用"唯利是图"这个典故比喻只贪求财利，别的什么都不顾。唯：只是的意思；图：贪图。

卫人嫁子

典出《韩非子·说林上》：卫人嫁其子而教之曰："必私积聚。为人妇而出，常也。其成居，幸也。"其子因私积聚，其姑以为多私而出之。其子所以反者倍其所以嫁。其父不自罪于教子非也，而自知其益高。今人臣之处官者皆是类也。

卫国有个人，在他女儿出嫁时嘱咐说："（到婆家）必须自己多攒些私房钱。给人家做媳妇被退回来，是常见的事。那些能够白头到老的人，（只是）侥幸而已。"他的女儿因此就多积私房钱，她婆婆认为私房钱积累太多了，因而休弃了她。卫人的女儿带回娘家的私房钱，比她出嫁时的嫁妆多几倍。她的父亲不责备自己教育儿女的错误，反而却自以为这种增加财富的办法很聪明。

今天，一些做官的人都是这类人呀！

后人用"卫人嫁子"这个典故讽刺那种昏聩、自恃聪明、自欺欺人的人。

蚊虫结拜

典出《嘻谈录》：蚊子结拜，城中蚊子是把弟，乡下蚊子是把兄。把兄谓把弟曰："你城中大人，珍馐适口，味美充肠，肌肤嫩而腴，尔何修有此口福？我乡下农夫，藜藿充饥，糠秕下咽，血肉粗，我何辜甘此淡泊？"城蚊曰："我在城中，朝朝宴会，日食肥甘，甚觉餍腻。"乡蚊曰："你先带我到城中祗领大人恩膏，然后带你到城外遍尝乡中风味。"城蚊应允，把乡蚊带至大佛寺前，指哼哈二帅曰："此是大人，快去请吃。"乡蚊飞在大人身上，钻研良久，怨之曰："你们这大人倒真大，却舍不得给人吃。我使劲钻了半天，不但毫无滋味，而且连一点血也没有。"

两只蚊子结拜为兄弟，城中的蚊子是把弟，乡下的蚊子是把兄。

把兄对把弟说："你们城中的大人们，山珍海味十分适口，用美好的食物充填胃肠，所以肌肉皮肤长得又嫩又胖，你是修了什么德，能有这样的好口福呀？我们乡下农夫，用野菜豆叶充饥，糠皮瘪谷往下咽，血肉生得粗且瘦，我是犯了什么罪，甘心过这种恬淡寡欲的生活呀？"

城中的蚊子说："我在城里，天天赴宴会，时时吃美味的食品，觉得饱胀腻烦了！"

乡下的蚊子说："你先带我到城里去敬领大人的恩德膏血，然后我再带你到城外去遍尝乡里的风味。"

城中的蚊子答应了，就把乡下的蚊子带到大佛寺前，指着大门口的哼、哈二帅说："这是大人，快去请吃吧！"

乡下的蚊子飞到大人身上，用尖嘴钻研了很久，埋怨城中的蚊子说："你们城里的大人，块头倒真大，却舍不得给人吃。我使劲用嘴钻了半天，非但丝毫没有滋味，而且连一点血也没有。"

后人用这则寓言说明乡下蚊子的最后一番话——"城中这大人倒真大，却舍不得给人吃。我使劲钻了半天，不但毫无滋味，而且连一点血也没有。"这就是本篇讥讽的主旨。此典故把城中权贵大人的"守财奴"形象，描绘得淋漓尽致。是啊，他们是一些吃人不吐骨头的凶狠家伙，哪里肯舍得把一滴血汗留给别人享受呢！

无价之宝

典出周·尹文《尹文子》：此玉无价以当之，五城之都仅可一观。

传说古代魏国有个农夫，有一天在田里耕作，挖出了一块圆形的白玉。这块白玉很大，直径就有一尺多。农夫不知道是一块宝贵的玉石，带回去就放在桌上。到了夜晚，宝石光照满屋，全家人都十分害怕。邻居知道后就骗他说："这是不祥之物，应赶快拿去丢了，否则会招致灾祸。"农夫信以为真，就赶快把白玉丢到野外去了。邻居悄悄把白玉拾回，立即拿去给了魏王。魏王不知道这块璧有多宝贵，就召来有经验的玉工进行鉴定。玉工看了非常高兴地对魏王说："恭贺大王洪福，这是一块宝玉啊！"魏王听说是宝玉，又惊又喜，忙问玉工："你看这块宝玉能值多少黄金？"玉工见魏王贪婪的脸色就笑着回答说："此玉无价以当之，五城之都仅可一观。"后人把这块宝玉称为"无价之宝"（多少钱也买不到的宝物），用来形容物之珍贵稀奇。

无下箸处

典出《晋书·何曾传》：然性奢豪，务在华侈。帷帐车服，穷极绮丽，厨膳滋味，过于王者。每燕（通"宴"）见，不食大官所设，帝辄命取其食。蒸饼上不坼作十字不食。食日万钱，犹曰无下箸处。

西晋大臣何曾（199—278年），字颖考，晋代陈国阳夏人，父亲何夔，在魏国曾任太仆、阳武亭侯。何曾在青年时代就承袭了父亲的爵位，勤学多闻，与同郡的袁侃齐名天下。三国时期，何曾在魏国当过司徒，参与不少争权夺利的政治活动。西晋建立后，何曾任丞相、太傅等官。

何曾的性情喜好奢侈豪华，极力追求华贵侈靡。他的帷帐、车马和服饰，华丽异常；他的饮食美味，胜过帝王。每次参与御前宴会，他不吃大官准备的食物，皇帝就叫他取自家食物吃。蒸饼上不开裂成十字纹的就不吃。他每天饮食要花费1万钱，还说饮食不好，没有可以下筷子的地方。

"无下箸处"就是从这个故事来的。箸：筷子。它的意思是说，没有什么可吃的，没有下筷子的地方。人们用"无下箸处"形容富人饮食奢侈无度。

"蒸饼十字"也是从这个故事来的。它的意思是，晋代何曾讲究饮食，蒸饼上不裂成十字形就不吃，人们用"蒸饼十字"形容富人饮食奢侈，也可用它形容食物精美。

"日食万钱"也是从这个故事来的。人们用它形容生活奢侈。

梧树不善

典出《吕氏春秋·遇合》：邻父有与人邻者，有枯梧树。其邻之父言梧树之不善也。邻人遽伐之。邻父因请而以为薪，其人不说。曰："邻者若此其险也，岂可为这邻哉！"此有所宥也。夫请以为薪与弗请，此不可以疑枯梧树之善与不善也。

邻父有一位邻居，院中有棵枯死的梧桐树。邻父告诉他说："这棵梧桐树乃预兆不详。"邻居便马上把它砍倒。

邻父于是登门讨取烧火柴。邻居听

梧树不善

了，很不高兴，说："邻居居心这样险恶，怎么好做邻居呢？"

邻父的这种卑劣伎俩，完全是利欲熏心所致，要讨取烧火柴，不应该编造枯梧树吉祥不吉祥的谎言。

后人用"梧树不善"这个典故告诉我们：用谎言欺骗别人，靠诈骗谋取私利，一定会很快暴露自己，被人们识破。

笑骂从汝

典出《宋史·邓绾传》：邓绾，字文约，成都双流人。举进士，为礼部第一。稍迁职方员外郎。熙宁三年冬，通判宁州。时王安石得君专政，条上时政数十事，以为宋兴百年，习安玩治，当事更化。又上书言："陛下得伊、吕之佐，作青苗、免役等法，民莫不歌舞圣泽。以臣所见宁州观之，知一路皆然；以一路观之，知天下皆然。诚不世之良法，原勿移于浮议而坚行之。"其辞盖媚王安石。又贻以书颂，极其佞谀。

安石荐于神宗，驿召对。……帝问安石及吕惠卿，以不识对。帝曰："安石，今之古人；惠卿，贤人也。"退见安石，欣然如素交。……果除集贤校理、检正中书孔目房。乡人在都者皆笑且骂，绾曰："笑骂从汝，好官须我为之。"

北宋时期，有一个人叫邓绾，字文约，成都双流人。考取进士，在礼部名列第一。不久，升迁为职方员外郎。宋神宗（赵顼）熙宁三年（1070年）的冬天，任宁州通

笑骂从汝

判。当时，王安石受到神宗恩宠，朝政在握，推行变法。邓绾想巴结王安石，上书皇上，就数十件政事提出建议，学着王安石的调子说，大宋已经兴盛百年，天下太平，大家都习惯于安逸的生活，不认真治理政事，应当进行变法改革。接着，又上书皇上，露骨地吹捧王安石及其变法的主张，说："陛下的贤相（王安石）就像伊尹辅佐商汤、吕尚辅佐周武王一样，尽心尽意辅佐陛下，功勋卓著。并且，推行青苗法、免役法等，老百姓莫不欢欣鼓舞，载歌载舞地歌颂陛下的恩泽。就拿我所见到的宁州来看，知道一路上都是这样。从这一路的情况来看，可以知道全国都是这样。宰相推行的新法，是世上从来未有过的良法，希望陛下不要被各种反对的意见所左右，坚决把新法推行到底！"他写了一大堆好话，都是为了谄媚王安石。又写信给王安石，极尽阿谀奉承之能事。

王安石把邓绾荐举给宋神宗，神宗立即命令邓绾骑驿马赶来，进行对话。神宗向他问起王安石和另一个大臣吕惠卿，他却否认自己认识王安石。神宗说："王安石，是当代的古圣贤哪；吕惠卿，是贤德之人哪。"可是退朝之后，邓绾去见王安石，像老朋友一样亲热无比。因此，他被任为集贤院校理、检正中书孔目房。在京的同乡人听到这个消息后，都嘲笑他、辱骂他。邓绾却满不在乎地说："笑骂任你们笑骂，好官还得由我来做。"

"笑骂从汝"就是从这个故事来的。人们用它形容为求取名利，行为卑污，厚颜无耻，对别人的讥讽置之不顾。

心居魏阙

典出《庄子·让王》：中山公子牟谓瞻子曰："身在江海之上，心居乎魏阙之下，奈何？"

瞻子曰："重生。重生则利轻。"

心居魏阙

中山公子牟曰：“虽知之，未能自胜也。”

瞻子曰：“不能自胜则从（“从”，《吕氏春秋·审为》作“纵之”），神无恶乎？不能自胜而强不从者，此之谓重伤。重伤之人，无寿类矣。”

魏牟，万乘之公子也，其隐岩穴也，难为于布衣之士；虽未至乎道，可谓有其意矣。

战国时期，魏国有一个公子名牟，封于中山，所以人们称之为中山公子牟。有一次，他对魏国的贤人瞻子说：“我在江湖之中隐遁，心里却思念着朝廷的荣华富贵，您说我该怎么办呢？”

瞻子回答道：“看重生命！看重生命就会淡泊于名利，不会再思念朝廷的荣华富贵了。”

中山公子牟说：“我虽然懂得这个道理，但是仍不能克制自己。”

瞻子回答道：“不能控制就放纵它，这样精神上就无所憎恶了。不能控制自己就勉强自己不放纵，这叫做双重损伤，双重损伤的人，没有长寿的。”

魏公子牟，是大国的公子，他到江湖上隐居，要比平常百姓困难得多。虽然他没有达到道义的要求，可是他有清高的志向，足以激励那些贪求名利的俗人了。

“心居魏阙”就是从这个故事来的。魏阙：古代宫门外的阙门。也作为朝廷的代称。人们用"心居魏阙"形容身处江湖，心中仍思念朝廷。

心劳日拙

典出《谐语》：苏曰：贫家无阔藁荐，与其露足，宁且露手。佯谓人曰："君观吾侪，有顷刻离笔砚者乎？至于困睡，指犹似笔也。"小儿子不晓事，人问："每夜何所盖？"辄答云："盖藁荐。"嫌其太陋，挞而戒之曰："后有问者，但云盖被。"一日，出见客，而荐草挂须上，儿从后呼曰："且除面上被！"——所谓"作伪心劳日拙"者也。

苏东坡说：有一个贫穷汉，夜里睡觉连一领宽阔的草垫席子都没有。他想，与其露着脚，还不如露着手，便假装对人们说："您看我们，有一时一刻离开笔砚的时候吗？即使在睡觉的时候，我们的手指也还像笔一样露在外头。"

贫穷汉有个儿子不懂事。人们问他："你们家每天夜里盖什么睡觉呀？"他立刻回答说："盖草垫席子。"贫穷汉嫌太寒碜，就把孩子打了一顿，又告诉他说："以后如有人再问你，就说是'盖被子'！"

有一天，贫穷汉出外会见客人，有一根垫席的茅草挂在他的胡子上。儿子急忙跟在身后呼叫着说："赶快把你脸上的被子拿下来！"——这就是所谓"作伪心劳日拙"的例证呀。

后人用这则寓言说明这位贫者和孔乙己一样，本来很穷，却

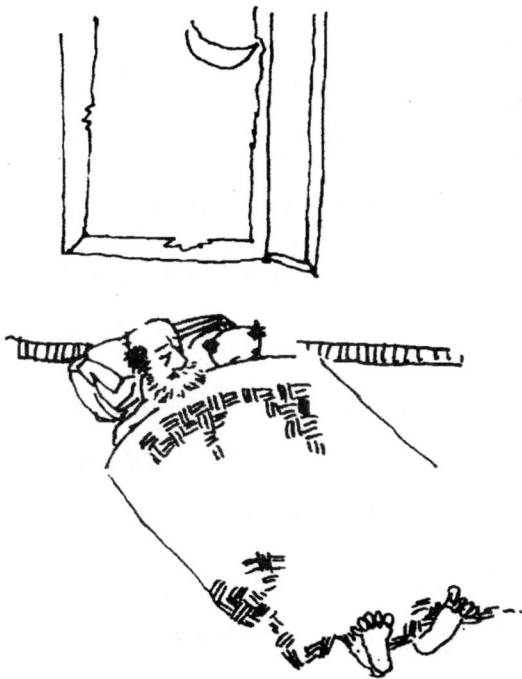

心劳日拙

要装作富有，结果，欲盖弥彰，心劳日拙，更加露出可怜的穷酸相。这种贫者和一般的穷人不同，他们或刚刚破落，富人乍穷；或读书难觅功名，穷困潦倒。经济上虽已贫困，思想上却还在做富贵的迷梦，因此常常演出这种使人既可笑又可怜的悲剧。

许金不酬

典出《郁离子》：济阴之贾人，渡河而亡其舟，栖于浮苴之上，号焉。有渔者以舟往救之，未至，贾人急号曰："我济上之巨室也，能我，予尔百金！"渔者载而升诸陆，则予十金。渔者曰："向许百金，而今予十金，无乃不可乎？"贾人勃然作色曰："若，渔者也，一日之获几何？而骤得十金，犹为不足乎？"渔者黯然而退。他日，贾人浮吕梁而下，舟薄于石又覆，而渔者在焉。人曰："盍救诸？"渔者曰："是许金不酬者也。"立而观之，遂没。

住在济阴的一个大商人，渡河翻了船，趴在水中的一堆枯草上，大声地呼叫着。有个打鱼人划船过去救他，还没划到的时候，商人急忙高喊着说："我是济阴的一个世家大族，如果你能救我，我就送给你100金！"

渔夫把他拉上船来送到岸上，但商人只给了他10金。

渔夫说："你原先答应给我百金，而现在只给10金，这样做是不可以的吧？"

商人大怒，变了脸色说道："你是一个打鱼的人，一天能获得几个钱？而现在竟突然得到了10金，你还不满足吗？"渔夫听了闷闷不乐地走去了。

过了一些日子，那大商人又从吕梁浮船而下，船身碰上礁石又翻沉了，而那个渔夫正好在那里。

有人对渔夫讲："你为什么不去救他上来？"

渔夫说："他是答应给我钱却不真心酬报的人呀！"

于是，渔夫站在岸上旁观，大商人便没顶沉入水中。

后人用这则寓言说明商人重财而轻命，这在今人看来似乎是不可理解的事，但寓言中这个封建时代的济阴大贾，却是实实在在的活证据。世界上那些蝇营狗苟、财迷心窍的利禄之徒，拼命钻营不止，以致利令智昏，最后身败名裂者，不正是这个济阴大贾形象的再现吗？

寓言教育人们要有"言必行，行必果"的道德品质，如果待人接物，出尔反尔，失去信用，必定会自食恶果。

宴安鸩毒

典出《左传》闵公元年：狄人伐邢。管敬仲言于齐侯曰："戎狄豺狼，不可厌也。诸夏亲，不可弃也。宴安鸩毒，不可怀也。《诗》云：'岂不怀归，畏此简书。'简书，同恶相恤之谓也。请救邢以从简书。"齐人救邢。

春秋时，齐桓公做了诸侯的盟主。鲁闵公元年，东北方的狄人向邢国侵略，在这以前，邢国已经被狄人围攻过一次，这次又被围攻，邢国不能抵御外来的侵略，只有派人向齐国求救。当时在齐国执政的是中国历史上有名的政治家管仲，他接到邢国的告急公文后，向齐桓公说："戎人和狄人都是像狼一样凶狠的民族，我们不能够让他得到满足；邢国是周公的后人，和我们同是周天子的诸侯，关系是非常亲近的，所以不能放弃援救的时机。一个国家是不应该经常沉浸在安乐中的，如果我们长年在安乐中过日子，它会造成像鸩毒一样猛烈的效果，这样会影响君王的霸业。……因此我请求君王出兵救邢。"齐桓公听了，认为很有道理，于是出兵援救邢国。

宴安：安于享乐；鸩：一种毒鸟，相传它的羽毛有毒素，将之浸酒，人饮后立死。后来的人便将管仲的这句话——"宴安鸩毒，不可怀也"引为"宴安鸩毒"一句成语，来比喻一个国家或个人终年安于享乐的环境中，就像喝毒酒自杀一样。

烟气难餐

典出《楮记室》：唐乾符中有豪士承籍勋荫，锦衣玉食，极口腹之欲。尝谓门僧圣刚曰："凡以炭炊饭，先烧令热，谓之炼炭，方可入炊；不然，犹有烟气，难餐。"及大寇先陷澧洛，财产漂尽，昆仲数人与圣刚昌，不食者三日。贼退，徒走往河桥道中小店买脱粟饭，于土杯同食，美于粱肉。僧笑曰："此非炼炭所炊。"但惭恶而无对。

唐朝乾符年间，有个富豪承袭了祖先的爵禄，穿的是绫罗绸缎，吃的是山珍海味，把人间的一切好东西都吃厌了。

他经常对门僧圣刚说："凡用炭做饭，先要经过烧炼，去掉黑烟，得到的就是煤炭，才能用来煮饭。不然的话，饭里有烟气，十分难吃！"

有一年，造反的农民军攻占了澧水、洛水一带，他的全部财产损失殆尽，只剩得弟兄几人和圣刚一起狼狈逃窜，躲藏在荒山野谷，整整3天没有吃东西。

农民军撤出后，他们徒步到河桥道中的一个小店里买来米饭，用手抓着连泥带土一起吞食，感到比精米肥肉还要香甜。圣刚笑着说："老爷，这可不是用炼炭烧熟的饭啊'"

后人用"烟气难餐"这个典故告诉人们，剥削阶级锦衣玉食，并不是天生的高贵，当农民起义的霹雳粉碎了他们的天堂时，他们的所谓尊荣、排场就立刻露出了原形，一钱也不值了。

燕雀处屋

典出《孔丛子·论势》：燕雀处屋，子母相哺，煦煦其相乐也，自以为安矣；灶突炎上，栋宇将焚，燕雀颜色不变，不知祸之将及已也。

燕雀在屋檐下营巢筑窝，安了家。它们子母相哺，快乐自得，自以为安逸舒适，永无忧虑了。

一天，烟囱冒出来的火苗蹿上房顶，檩椽慢慢被引着了。燕雀若无其事，一如往常，不知大祸就要临头了。

后人用"燕雀处屋"这个典故告诉我们：居安思危，何况所居欠安？在和平时期，切不可忘记虎狼在前。燕雀处屋，自以为安，不知大祸即将临头，丧失了起码的警惕。

羊裘在念

典出《迂仙别记》：乡居有偷儿，夜瞰公室，公适归遇之，偷儿大恐，弃其所衣羊裘而遁。公拾得之，大喜。自是羊裘在念。入城，虽丙夜必归。至家，门庭晏然，必蹙额曰："何无贼？"

乡里有个小偷，夜里去窥探迂公的卧室，迂公恰好回家碰上了，小偷大吃一惊，丢下他身上穿着的羊皮袄逃跑了。迂公拾起羊皮袄，非常高兴。

自那以后，迂公心里天天念着羊皮袄事件。每次进城，虽迟至半夜三更，也必要回家。到了家门口，看到门庭安然无事，总是皱起眉头叹息着说："为什么没有贼呢？"

后人用这则寓言说明偶得意外之财，便天天想入非非，冀得重获，是迂上加迂。因为迂公没有想到：遇到小偷，是极其偶然的事，而遇到小偷重获羊裘，更是千载难逢。"何无贼？"原本是件好事，假如天天有贼，又不能发觉，不知要丢失多少东西；若再碰到，贼急行凶，赔上一条老命，岂不更加得不偿失了吗？要看到"贼"与"损失"是常常联系着的，应该从正反两方面看问题，不可陷入片面性。

夜狸取鸡

典出《郁离子》。

郁离子居住在山中，夜里有只野猫偷吃了他的鸡，追它没有追上。第二天，随从的人在野猫进来的地方装上捕兽工具，用鸡作诱饵。就在当天晚上用绳索捆住了野猫。野猫的身子被绳索拘禁着，而它的口和脚却还在那里捉鸡，一面抢一面夺，一直到死都不肯舍弃那只鸡。

郁离子叹了一口气说："人们死于追求钱财货利的，正像这只野猫一样呀！"

后人用这则寓言说明要钱不要命，就是这则寓言的主旨。舍本逐末，贪小失大，其后果是可悲的。

以备不生

典出《吕氏春秋·遇合》：人有为人妻者，人告其父母曰："嫁不必生也，衣器之物可外藏之，以备不生。"

其父母以为然，于是令其女常外藏。

姑知之，曰："为我妇而有外心，不可畜！"因出之。

妇之父母，以谓为己谋者以为忠，终身善之，亦不知所以然矣。

有个女子要出嫁，有人告诉她的父母说："嫁人不一定能生儿子。衣服财物可以设法在外面偷偷存藏一些，以便准备着不生儿子被休回来。"

她的父母以为很对，于是便叫女儿常常把衣服财物偷藏在外面。

婆婆公公知道了这件事，说："给我家做媳妇，却有外心，要不得！"

因而便休了她。

这女子的父母，还认为给自己出主意的人是对他们忠诚，一辈子感谢他，却不问女儿所以被休的原因是什么。

这个寓言的主旨，在于揭示：明明上了当，还要终身善之，可以算是不辨是非，不识好歹，糊涂之极，至死不悟。——其所以如此，是由于有私心：外藏者，是对婆家说的；对婆家说是外藏，大约对娘家便变成内藏，秘密就在这里。《韩非子·说林上》也同样采录了这个民间故事，却作了进一步揭发："其子所以反（返）者，倍其所以嫁。其父不自罪于教子非也。而自知其益富。"正好可以借来作补充。这就证明：有私心的人为私欲所蒙蔽，看不出真相，所以上了人家的当，还一辈子感激人家。

以秕喂鸟

典出《新序·刺奢》：邹穆公有令：食凫雁，必以秕，无得以粟。于是仓无秕而求易于民，二石粟而得一石秕。吏以为费，请以粟食之。

穆公曰："去，非汝所知也！夫百姓饱牛而耕，暴背而耘，勤而不惰者，岂为鸟兽哉？粟米，人之上食，奈何其以养鸟？且尔知小计，不知大会。周谚曰：'囊漏贮中。'而独不闻欤？夫君者民之父母。取仓之粟移之于民，此非吾之粟乎？鸟苟食邹之秕，不害邹之粟也。粟之在仓与在民于我何择？"

邹穆公下了一道命令，今后喂养鹅鸭，一定要用瘪谷，不得再用粟米。当时官仓没有储备秕谷，只好向老百姓去换。这样一来，两石粟米才能换得一石瘪谷。官员们认为花费太大，请求穆公允许他们仍然用粟米喂养。

穆公说："走吧，这不是你们所能懂得的！那些农夫想法喂饱了耕牛去种地，背上顶着太阳去耘田。他们不知疲倦地辛勤劳动，难道是为了喂养鸟兽吗？粟米，是人类的上等食粮，为什么要拿它来养鸟呢？再说你们只知道打小算盘，不知道算算大账。周地的俗话说：'从袋子里漏出来，积蓄到了仓库中。'你们难道没有听说吗？国君是老百姓的父母。把官仓里的粮食取出来，转给老百姓，这不等于还是我的粮食吗？鸟如果吃邹国的瘪谷，就不会糟蹋邹国的粮食。粮食储在官仓里跟放在老百姓手里，这对我来说又有什么区别呢？！"

后人用这个故事说明：藏富于民，民富才能国强。

以秕喂鸟

饮醇近妇

典出《史记·魏公子列传》：秦数使反间，伪贺公子得立为魏王未也。魏王日闻其毁，不能不信，后果使人代公子将。公子自知再以毁废，乃谢病不朝，与宾客为长夜饮，饮醇酒，多近妇女。日夜为乐，饮者四岁，竟病酒而卒。

战国时期，魏昭王有个小儿子，即公子无忌。魏昭王死后，公子无忌的异母兄长魏釐安禧王继承了王位，封公子无忌为信陵君。公子无忌为人宽厚，又有才学，魏王十分嫉怕他，不敢把国家的大政交给他办理。有一次，秦国发兵进攻魏国。魏王害怕了，正式委派公子无忌为魏国的上将军。公子无忌派遣使者，把自己为将的事——告知赵、韩、齐、楚、燕诸国，这些国家听说公子无忌当将军，都派兵遣将救援魏国。公子无忌率五国的军队把秦军打得落花流水。秦王害怕了，想方设法要除掉公子无忌。

秦国多次派人到魏国使用离间之计，假装不了解情况，而来魏国祝贺公子无忌，问他是否已立为魏王。魏王每天都听到关于公子无忌的谗言，心里又生疑虑，不能不信，后来，果然委派别人代替公子无忌统率军队。公子无忌明白，自己被谗言所害，再次被废置不用了。于是，他托言有病，不再朝参魏王。整天与宾客们醋饮达旦，喝色纯味厚的美酒，经常与女人亲近。这样日夜纵饮寻欢，达4年之久，终于因为害酒病而死。

"饮醇近妇"就是从这个故事来的。醇酒：色纯味厚的酒。"饮醇近妇"的意思是，喝美酒，玩女人。人们用"饮醇近妇"表示有才干抱负的人意志消沉，沉湎于酒色之中。

盈成我百

典出《金楼子》：楚富者，牧羊九十九而愿百，尝访邑里故人。

其邻人贫有一羊者，富拜之曰："事故羊九十九，今君之一盈成我百，则牧数足矣。"

楚地有一个富人，他家放牧的羊有99只，而想凑足百数。为此，他遍访了城镇乡里的亲友近邻。

他有一个邻居，家中很穷，只有一只羊，这个富人便去拜访说："我已有了99只羊，

盈成我百

现在您把这一只羊送给我，就可以让我凑满100，这样我的牧羊数字就够足数了！"

这则寓言揭露了富者为满足个人欲望而不顾别人死活的可鄙行径。它说明剥削阶级的贪得无厌和损人利己的欲望，是永无止境的。

予取予求

典出《左传》僖公七年：唯我知女，女专利而不厌，予取予求，不女疵瑕也。

春秋时，楚国有一个大夫叫申侯，因为能说会道，献媚于楚文王，楚文王非常宠信他。他是一个专爱贪利而永不知足的人，楚国的人都痛恨他。后来楚文王病得快要死了，便将申侯叫来，以最好的玉赐给他，并说："只有我最了解你，你为人贪爱财利，而且永远不觉得满足，从我这里要了这样又求那样，但我并未加你的罪。将来楚国的君主可不能这样待你了，他们会要判你的罪的。我死后，你必须迅速离开楚国，不要到小国去，小国是没法收容你的。"楚文王死后，申侯出奔到郑国。最后被郑文公给杀了。

后来的人，便将楚文王封申侯说的这一句话引为成语，形容一个人贪得无厌，要了这样又要那样，永远不会得到满足。

予取予求

鱼目混珠

典出《玉清经》：鱼目岂为珠，蓬蒿不成。（蓬蒿：野草；茶树的古称。蓬蒿不成的意思是说，野草不能冒充茶树。）

李善注引《韩诗外传》中说：白骨类象，鱼目似珠。

传说从前有一个人，名叫满愿，他买了一颗珍珠。这颗珍珠又大又圆，光彩耀眼，惹人喜爱。满愿把这颗非常珍贵的珍珠，精心地收藏起来。满愿有个邻居，名叫寿量。有一次，他拾到一个鱼眼珠，自以为是颗珍珠，于是也精心地收藏起来。

后来，有人生了病，需要用珍珠配药才能医治，于是用很高的价钱到处收买珍珠。满愿知道后，就把自己珍藏的珍珠拿了出来，寿量也把自己珍藏的鱼眼珠拿了出来。满愿的珍珠，闪闪发光，耀眼夺目；寿量的鱼眼珠，虽然也很大很圆，却黯淡无光。两个放在一起，立刻就能辨出真假。寿量把鱼的眼珠当做珍珠收藏、出卖，真是"鱼目混珠"。

成语"鱼目混珠"的意思是说，鱼眼掺杂在珍珠里面，比喻以假乱真。

欲兼三者

典出《牟子》：有客相从，各言所志：或愿为扬州刺史，或愿多资财，或愿骑鹤上升。

其一人曰："腰缠十万贯，骑鹤上扬州。欲兼三者。"

有一群客人相聚在一起，各自说起自己的志愿：有的人愿意当扬州刺史，有的人想多得到资财，有的人希望骑着仙鹤升天为神仙。

其中有一个人听后说："我愿腰中缠着 10 万贯钱，再骑上黄鹤到扬州去当刺史。"即妄想同时兼有 3 个方面的好处。

这篇寓言是对好做痴心狂想梦者的讽刺。前面 3 个人的"志愿"，已经是奢望，这后一个人竟要兼三者而有之，更是虚妄之极了。

越人溺鼠

典出《燕书》：鼠好夜窃粟。越人置粟于盎，恣鼠啮，不顾。鼠呼群类入焉，必饫而后反。越人乃易粟，以水浮糠复水上。而鼠不知也，逮夜，复呼群次第入，咸溺死。

老鼠喜欢夜间出来偷吃谷子。有个越人有意把谷子放在一个罐子里，任老鼠去吃，不加理睬。因此老鼠便把它的同类招来，到罐子里吃谷子，每次都要饱餐一顿才回去。

有一天，越人把罐子里的谷子换成水，到了夜晚，老鼠又都一起来，一个接一个地跳进罐子里，结果全部被淹死了。

后人用"越人溺鼠"这个典故告诉我们，凡事要智谋，在生产建设中，要苦干加巧干，在对敌斗争中，不仅要斗"勇"，而且要斗"智"。

竹头木屑

典出《晋书·陶侃传》：时造船，木屑及竹头，悉令举掌之，咸不解所以。后正会，积雪始晴，厅事前余雪犹湿，于是以屑布地。及桓温伐蜀，又以侃所贮竹头，作丁装船。

晋朝有一个叫陶侃的人，字士行，晋明帝时，官拜征西大将军。平日做事，必定尽力亲为，对于学问也有很深的研究；军事方面，也有过人的才能，所以当时有人将他和诸葛亮来相比。

有一次他督造大船，每天都亲自监督，见到工人锯下来的木屑和截短下来扔在地上的竹头，他都命令收拾起来，并且指点大家将这些废料放入储藏室里。大家不知他是什么用意，但不敢问他。

第二年元旦，府衙举行庆祝朝会，恰巧年尾那几天下了一场大雪，积雪盈尺，虽然经过了几天的晴天，太阳照晒，府衙门前的积雪还是没

竹头木屑

有溶化，地上泥泞不堪，行走极不方便。陶侃便叫人把储藏着的木屑取出来铺在地上，解决了行路的困难。又有一次，驸马都尉（官名）桓温要去讨伐蜀地，事先赶造不少船只，船板锯好了，但缺少竹钉，没法把船身装起来，陶侃便叫人把藏着的竹头取出来送给桓温，削成竹钉，船便一艘艘地装起来了。

后来人们便引申成"竹头木屑"一句成语，来比喻人心思缜密，极细小的事情也不遗留，或者极细小的东西也不抛弃，留为需要时来应用。

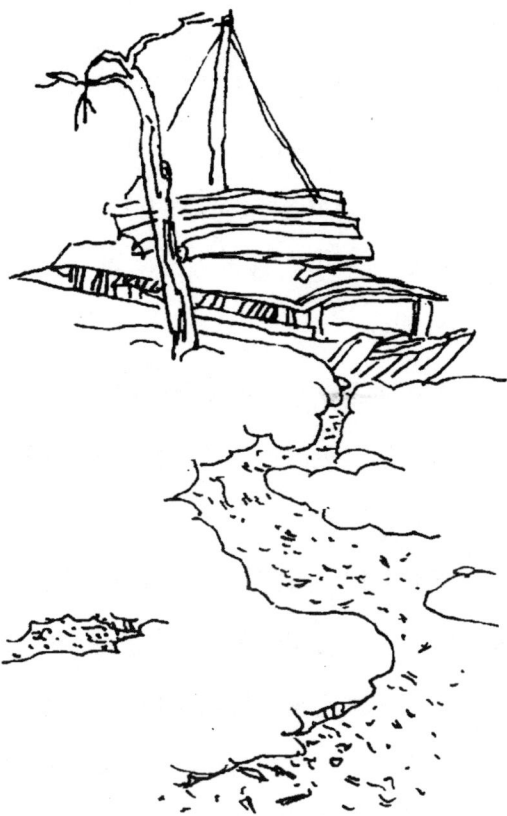

自投鼎俎

典出《笑赞》：钟馗专好吃鬼，其妹与他做生日，写礼帖云："酒一尊，鬼两个，送与哥哥做点剁；哥哥若嫌礼物少，连挑担的是三个。"钟馗命人

将三个鬼俱送疱人烹之。担上鬼看挑担者曰："我们死是本等，你如何挑这个担子？"《赞》曰："挑担者不闻钟馗之所好耶？而自投鼎俎——此文种、韩信之流也。若少伯、子房，可谓智鬼矣。"

钟馗专门好吃鬼，他的妹妹给他做生日，写了一个礼帖道："酒一尊，鬼两个，送给哥哥剁肉馅吃；哥哥若是嫌礼物少，连挑担的算上共是3个鬼。"

钟馗便命令差役把3个鬼都送到厨房里去，让大师傅烹煮。

装在担子里的鬼看着挑担子的鬼说道："我们死是本分，你却为啥挑这个担子来？"

《赞》曰：挑担子的鬼难道没听说钟馗的嗜好吗？却来自投鼎俎——这是文种、韩信之流的人物呀；若像少伯、子房其人，可称之为智鬼了。

后人用这则寓言说明挑担鬼为什么会自投鼎俎？一是势力使然，主人命令，身不由己；二是名利使然，晋见钟馗，或许能捞点油水。

"赞曰"认为文种、韩信是自投鼎俎的愚鬼，范蠡、张良是功成退身的智鬼，很有见地。封建社会伴君如伴虎，有的君主可以共患难，不可以共富贵。在创业打江山时，求贤若渴，网罗人才；一旦面南以后，想巩固万世帝业，则杀戮功臣。正如韩信所谓："高鸟尽，良弓藏，狡兔死，走狗烹。"这是历史的血的总结。

坐地分赃

典出汉刘向《说苑·杂言》：齐景公问晏子曰："寡人自以坐地，二三子皆坐地，吾子独搴草而坐之，何也？"晏子对曰："婴闻之，唯丧与狱坐于地。今不敢以丧狱之事侍于君矣。"

齐景公问晏子（晏婴）说："我自己已经坐在地上，这几个人都坐在地上，你一个人却拔草来坐在上面，这是为什么？"晏子回答道："我听说，只有办理丧事和犯了罪才坐在地上。我不敢用办理丧事和犯罪的惯例来侍奉君王。"

"坐地分赃"就是从这个故事中的"坐地"变化而来的。"坐地"：原指席地而坐。后人把居家不出做盗贼而分到赃物的，叫"坐地分赃"。

阿奴碌碌

典出《世说新语·识鉴》：嵩起曰："恐不如尊旨。伯仁老大而才短。名重而识暗。好乘人之弊，此非自全之道。嵩性抗直，亦不容于世。唯阿奴碌碌，当在阿母目下耳。"阿奴，谟小字也。

晋代有三兄弟，名叫周凯、周嵩、周璞，他们的母亲是个慈爱贤惠的妇女。周母在动乱中失去了丈夫，独自带着3个儿子从北方逃往南方，又把他们抚养成人。3个儿子长大后，深知母亲对他们恩重如山，对母亲极为孝敬。

有一年冬至，周母备了一桌家宴，全家人高高兴兴地围坐在一起过节。席间，周母给大家各倒了一杯酒，然后端起酒杯感慨地对儿子们说："我的前半生备尝艰辛，如今你们终于长大成人。看见你们围绕在我身旁，心里有说不出的欣慰，想来我的后半辈子有依靠了。"说完，便让大家饮尽杯中之酒。

这时，老二周嵩放下酒杯站起来，对着母亲双膝跪下哭了起来。周母很吃惊，问他怎么了。他说："母亲刚才说下半生要靠我们3个人，但我与伯仁（指其兄周凯）都有性格方面的毛病，这就是生性好强，为人锋芒毕露，恐怕今后难以自保。

唯有弟弟阿奴（指其弟周璞）为人平庸。一个庸庸碌碌的人是不会招致祸患的。因此，也许只有碌碌无为的阿奴可以奉养母亲天年。"

后来，周凯与周嵩都被王敦杀害。他们死后，奉养母亲的责任果然就落到了小名阿奴的周璞身上。

后人用"阿奴碌碌"的典故形容一个人平庸无为，不露锋芒，就可以保全自身，不致招来祸患。

安期仙枣

典出汉刘向《列仙传》：安期生食仙枣，大如瓜。

很久以前，传说有一个仙人，叫安期生。他是山东琅琊郡阜乡人，曾在东海边卖药。人们说他已经过了 1000 岁，称他"千岁翁"。

据说秦始皇东游时，曾见到过安期生，他们在一起交谈了 3 天 3 夜，很是投机。秦始皇还赐给他价值几千万两银子的金玉宝物。安期生临别时，把秦始皇赏赐的东西都留下不要。他还留下了一封信和一双赤玉做的鞋子，信中叫秦始皇"再过几年到蓬莱山寻找我"。

几年后，秦始皇派了使者率数百人入海，向蓬莱山进发，去寻找安期生。但是，遇到海上起了风暴，波浪滔天，无法前行。他们没能到达蓬莱山，只得垂头丧气地返回。

到了汉武帝时候，有一个叫李少君的方士（古代专门研究修炼成仙和不死之药等方术的人）自称遇见过安期生。他说当时自己生了病，又饿又累，遇上安期生后，服下了一些神药，病立即就好了。安期生还给他吃了仙枣，那枣十分巨大，

安期仙枣

像瓜一样。李少君吃下后，顿觉全身轻松，精神振奋。他回来向汉武帝报告这次奇遇时，仍眉飞色舞，兴奋极了。

后用"安期仙枣"的典故指仙果或珍奇的果子、食品等，也用以形容求仙、成仙之事。

巴豆孝子

典出《颜氏家训·名实篇》：近有大贵，孝悌著声，前后居丧，哀毁逾制，亦足以高于人矣。尝以苫块之中，以巴豆涂脸，遂使成疮，表哭泣之过。

一位显贵，很有孝顺的盛名。他的父母先后亡故，在居丧期间，这位显贵哀痛毁坏了面容，丧礼超过了定制，用以表现他比一般人更为孝敬。

巴豆孝子

殊不知这位先生在居丧时，枕着土块，睡着草席，悄悄地将巴豆油涂在脸上，弄出满脸疮痕，以表示自己悲痛哭泣得非常厉害。

后人用"巴豆孝子"这个典故告诉我们，统治阶级所表彰的那些忠臣孝子，实际上就是这一类不择手段、沽名钓誉的货色。

灞陵醉尉

典出《史记·李将军列传》："顷之家居数岁。广家与故颍阴侯孙屏野居蓝田南山中射猎。尝夜从一骑出，从人田间饮。还至灞陵亭，灞陵尉醉，呵止广。广骑曰："故李将军。"尉曰："今将军尚不得夜行，何乃故也！"止广宿亭下，居无何，匈奴人杀辽西太守，败韩将军，韩将军徙右北平。于是天子乃召拜广为右北平太守。广即请灞陵尉与俱，至军而斩之。广居右北平，匈奴闻之，号曰"汉之飞将军"，避之数岁，不敢入右北平。

公元前 129 年，西汉名将李广奉汉武帝之命，率军从雁门山（今山西省代县西北）北出，去进攻匈奴。可是匈奴兵多将广，大败汉军，生擒李广。

灞陵醉尉

李广设法逃脱匈奴之手，回到汉营。然而，终因他损兵折将，又当了匈奴的俘虏，被削去官位，降为平民。

转眼之间，李广在家闲居了数年。当时，过去的颍阴侯灌婴的孙子（名强）也退职家居，李广常同他一起到蓝田南山中射取猎物。有一天夜里，李广只带着一个骑马的随从外出，跟人家在田间一起饮酒。回来路过灞陵亭时，守护在那里的亭尉喝醉了酒，便呵斥李广，不让他通过。李广的随从说："这是旧任李将军。"那个亭尉说："现任的将军都不得通过，何况旧任的将军！”勒令李广停宿在驿亭中。过了不多久（公元前 128 年），匈奴入边攻杀辽西太守，打败了韩安国将军，掠去千余人及畜产等。汉武帝大为恼火，派使者谴责韩安国，把他从渔阳派到渔阳东北，在右北平屯兵驻扎；与此同时，武汉帝召回李广，任他为右北平太守。李广临行前，请灞陵亭尉跟他一起去。那个可怜的亭尉来到军营之后，李广就下令把他杀了。李广镇守右北平的消息被匈奴人听到了，把他叫做“汉家的飞将军”，几年避开他，不敢骚扰右北平。

“灞陵醉尉”就是从这个故事来的。人们用这个典故，比喻那种盛气凌人的人。“灞陵呵夜”也是从这里来的。人们用它形容人失势之后受到欺凌和冷遇。“飞将军”也是从这个故事来的。人们用这个典故指矫健敏捷的将领。

白面书生

典出南朝《宋书·沈庆之传》：丹阳尹徐湛之、尚书江湛并在坐，上使湛之等难庆之。庆之曰：“……陛下今欲伐国，而与白面书生辈谋之，事何由济？”

南朝宋朝时候，吴郡武康地方有一个叫沈庆之的人，少怀大志，又孔武有力。当东晋末年时，孙恩作乱，乱兵攻武康，那时沈庆之才 10 多岁，随族人起而反抗、进行自卫，得胜。从此，沈庆之便以勇敢善战闻名。40 岁时，投在征虏将军赵伦之的儿子伯符（竟陵太守）部下任职。竟陵地方常有蛮夷侵扰，由于沈庆之的勇敢善战，使竟陵得到安宁，伯符也因而升了将军。在连年征战的生活中，沈庆之积累了不少作战经验，由于他屡建战功，被荐给孝武帝刘裕，从此他便担任了京城防卫的重职。

宋文帝元嘉十九年，沈庆之又因讨伐蛮夷有功，升为建武将军，负责防守边疆。元嘉二十七年，宋文帝要向北方扩展，派王玄谟等人督师北伐，沈庆之向文帝规劝，力陈以前几位北伐将军失败的教训，文帝被缠不过，便叫左右两个文官和他争辩，庆之说："治理国事，就像治理家事一样；论耕田应该问实际操作的长工，讲织布便要问织布的婢女。现在陛下想攻打人家的国家，却和没有经历过战争的白面书生去商量，这件事能成功吗？"文帝仍然没有接纳他的意见，最后果然遭到失败。

后来的人便把沈庆之所说的"欲伐国而与白面书生谋之，事何以济"这句话引申为"白面书生"一句成语，意思是少年文士，含有年轻见识少的意思。

白云苍狗

典出唐杜甫《可叹》：天上浮云似白衣，斯须改变如苍狗。古往今来共一时，人生万事无不有。

唐代丰城有一个读书人，叫王季友。他家境贫寒，刻苦攻读，很有志气。可是，他的妻子却瞧不起他，把他抛弃了，一般世俗之人也向他投来鄙夷的眼光。大诗人杜甫听到了这件事，认为很不公平，所以写下《可叹》一诗，意在破除众人的愚昧和偏见。

杜甫，不是因为王季友夫妇离异而叹息，也不是因为王季友怀才不遇而叹息，而是因为王季友受到众人的诋毁而叹息。在诗中，杜甫慨叹世态炎凉，以及世事变幻无常。

白云苍狗

他写道："天上的白云宛如圣洁的白衣，可是顷刻间变成毛色青灰的狗。古往今来如出一辙啊，人生变幻莫测，千奇百怪无不有。"

"白云苍狗"就是从《可叹》中"天上浮云似白衣，斯须改变如苍狗"两句演变而来的。人们用它比喻人生世事变幻无常。

半斤八两

典出：《池北偶谈》。

传说过去有个宰相的孙子，游手好闲，好吃懒做，把祖业都败光了，连饭也吃不上，常常向人借米度饥。有一次，他借到一袋米回来，半路上背不动了，只好在路边歇着。这时候，迎面走来一人，穿着破烂的衣服。他叫住那人，讲好工钱，帮他背米。可是，没走多少路，那人气喘吁吁的，也走不动了。他便埋怨地说："我是宰相的孙子，手不能提肩不能挑，这还有情可原。你是一个穷人，为什么也这样不中用？"没想到，那人却翻翻眼，说："你怎么能怪我？我也是尚书的孙子呢！"

后来，有人评说，这个宰相的孙子和那个尚书的孙子，一个是半斤，一个是八两，两人差不多。旧制一斤合十六两，半斤等于八两。半斤、八两，二者轻重相等。"半斤八两"，比喻彼此一样，不相上下。

半面识人

典出《后汉书·应奉列传》：奉年二十时，尝诣彭城相袁贺。贺时出行闭门，造车匠于内开扇出半面视奉，奉即委去。后数十年于路见车匠，识而呼之。

东汉时的应奉非常聪明，记忆力更是惊人。他20岁那年，去彭城拜访袁贺。但那天袁贺不在家。他敲了许久的门，有个造车的匠人将门打开了一点点，露出半张脸看了应奉一眼，告诉他主人不在。应奉便离去了。

几十年过去了，有一天他在路上碰见那个车匠，马上认了出来，并招呼他。对方表示不认识他，应奉说："你不就是在袁家门口露出半张脸的那个人吗？"

后人用"半面之识"或"半面曾记"形容人记忆好，或形容相交不深。

傍河牵船

典出《启颜录·刘道真》：晋刘道真遭乱，于河侧为人牵船，见一老妪操橹。

道真嘲之曰："女子何不调机弄杼？因甚傍河操橹？"

女答曰："丈夫何不跨马挥鞭？因甚傍河牵船？"

……道真无语以对。

晋朝人刘道真遭了离乱，在大河旁边给人家拉船为生，看见一个老太婆正在河中船上摇橹。

刘道真便嘲笑那个老太婆说："女人家怎么不到织布机旁去纺织？为什么却在河里摇橹为生？"

老太婆回答他说："大丈夫怎么不到战场上去骑马作战？为什么偏偏在这河边给人家拉船？"

……刘道真听了没话可答。

这则寓言讽喻了脱离实际的迂夫子的嘴脸。刘道真不考虑遭乱的处境，竟以封建教条嘲弄劳动人民的老妪，最后反被老妪所嘲弄，搞得无语以对、狼狈异常，是可笑的。

豹死留皮

典出《新五代史·王彦章传》：庄宗恻然，赐药以封其创。彦章武人不知书，常为俚语谓人曰："豹死留皮，人死留名。"其于忠义，盖天性也。庄宗爱其骁勇，欲全活之，使人慰谕彦章，彦章谢曰："臣与陛下血战十余年，今兵败力穷，不死何待？且臣受梁恩，非死不能报，岂有朝事梁而暮事晋，生何面目见天下之人乎！"庄宗又遣明宗往逾之，彦章病创，卧不能起，仰顾明宗，呼其小字曰："汝非邈佶烈乎？我岂苟活者？"遂见杀，年六十一。

唐朝末年，黄巢起义失败以后，封建割据势力便横行一时，纷纷占领土地，在中原形成了梁、唐、晋、汉、周割据的小朝廷。（后）梁太祖（朱温）手下有一个大将，叫王彦章，字子明，为人骁勇有力，能光着脚踏着荆棘行走百步，手使一杆铁枪，骑马冲突，迅疾如飞，无人敢与他对敌，军中称之为王铁枪。有一次，王彦章与（后）唐军队争战，因为兵力单薄，被（后）唐军队打败，他身负重伤，当了俘虏。（后）唐庄宗（李存勖）嘲弄地说："过去你把我当做小孩子看待，视同儿戏，今天被我抓住，你服不服？"王彦章回答说："大势已去，不是人力可以挽回的，我服什么！"

（后）唐庄宗顿起怜悯之心，赐给王

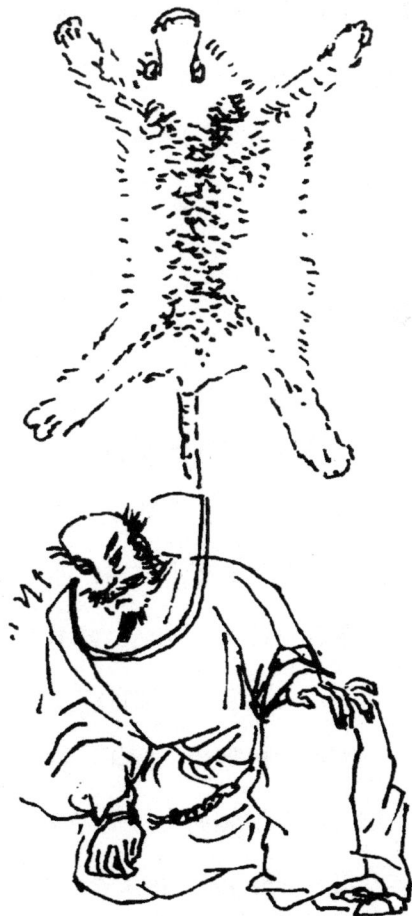

豹死留皮

彦章药品，叫他医治创伤。王彦章是个武人，不懂得诗书，常常采用民间流传的谚语表达自己的思想，曾经对人说："豹死留皮，人死留名。"意思是说，生前建立功业，要留名于后世，绝不能干投降变节的事。他的忠义之心，是不可改变的。（后）唐庄宗怜惜他是勇武之才，想保留他的性命，派人劝他投降。王彦章谢绝了，说："我与你（后）唐庄宗血战10多年，今天兵败力尽，被你俘虏，怎么能不死呢？况且我深受（后）梁朝廷之恩，非死不能报答，岂有早晨效忠于（后）梁朝，晚上又效忠于（后）唐朝的道理呢？如果这样做，我还有脸见天下人吗！"（后）唐庄宗又派李嗣源（明宗）去劝降，王彦章重伤在身，起不了床，仰视着李嗣源，叫着他的小名，说："你不是邈佶烈吗？我怎能在你面前屈辱地活着呢？"李嗣源出身沙陀平民，没有姓氏，只有一个小名叫邈佶烈。王彦章如此不客气，李嗣源怎么会不愤怒呢？王彦章被杀了，时年61岁。

"豹死留皮"就是从这个故事来的。人们用它比喻留声名于后世。

被发裸身

典出《晋书·王忱传》：性任达不拘，末年尤嗜酒，一饮连月不醒，或裸体而游，每叹三日不饮，便觉形神不相亲。妇父尝有惨，忱乘醉吊之，妇父痛哭，忱与宾客十许人，连臂被发裸体而入，绕之三匝而出。

东晋王忱，字元达。孝武帝时期，他曾任荆州刺史，都督荆州、益州、宁州三州诸军事。王忱自恃才气，狂放不羁，常常干出一些出人意料的事。

王忱性情豁达，放任不拘，晚年时特别喜欢喝酒，有时一醉方休，连月不醒，或者裸体而游。他经常感叹地说，3天不饮酒，就觉得神不守舍，形体和灵魂都分家了。岳父家曾有丧事，王忱在酒醉中赶去吊唁，岳父痛哭失声，王忱与10多个宾客一起，互相挎着胳膊，披散着头发，光着身子走了进来，围绕着灵柩走了 3 圈就出去了。

"被发裸身"就是从这个故事来的。人们用它形容狂放不羁，不拘小节。也可用以形容酒后醉态。

比肩接踵

典出《晏子春秋·杂下》：张袂成阴，挥汗成雨，比肩继踵而在，何为无人？

春秋时，齐国大夫晏子（姓晏，名婴，字平仲）出使楚国。楚王依仗着自己大国雄师，看不起齐国，又见晏子身材矮小，其貌不扬，便十分傲慢地问道：你们齐国难道没有别人了吗，怎么派了你这么个小矮子来？晏子回答说："我们齐国人才济济，比肩继踵，大家扬起衣袖就能遮云蔽日，一齐挥洒汗水如同下雨，怎么能说没有人呢？不过我们齐国有个规矩：体面能干的使臣，出访上国，去拜望才高德重的君王，而像我这样的人，只好派到这里来见您了。"楚王本想讥笑晏子，反被晏子奚落，结果自讨没趣。

"比肩接踵"意思是说肩膀连肩膀，脚跟挨脚跟。

后人常用这句成语形容人多，拥挤。

毕卓瓮下

典出《晋书·毕卓传》：毕卓，字茂世，新蔡鲷阳人也。……太兴末，为吏部郎，常饮酒废职。比舍郎酿熟，卓因醉夜至其瓮间盗饮之，为掌酒者所缚，明旦视之，乃毕吏部也，遽释其缚。卓遂引主人宴于瓮侧，致醉而去。

东晋初，有个特别喜好喝酒的人，叫毕卓，字茂世。晋元帝太兴（318—

321 年）末年，毕卓任吏部郎，常因饮酒误事，几次被免职。有一次，他在家里饮酒贪杯，已经有了几分醉意，走出门去，看到邻舍郎官已把酒酿好了，香味扑鼻。毕卓馋涎欲滴，乘着夜色溜到邻舍酒瓮旁，又愉快地大饮起来。不料，被管酒的人抓住，把他捆绑起来。第二天早晨，管酒的人一看，被绑的人原来是吏部郎毕卓，马上为他松绑。毕卓又拉着酒的主人一起在酒瓮旁喝酒，直到喝得酩酊大醉，方才离去。

"毕卓瓮下"就是从这个故事来的。它本来说的是毕卓喜酒盗饮的故事。人们用它形容嗜酒成性，不拘礼俗。

蝙蝠骑墙

典出《笑府》：凤凰寿，百鸟朝贺，惟蝙蝠不至。凤责之曰："汝居五下，何踞傲乎？"蝠曰："吾有足，属于兽，贺汝何用？"一日，麒麟生诞，蝠亦不至。麟亦责之。蝠曰："吾有翼，属于禽，何以贺与？"

凤凰做寿，百鸟都来朝贺，只有蝙蝠未到。凤凰谴责它说："你是我的属下，为什么这样傲慢无礼呢？"蝙蝠说："我有 4 只足，属兽类，朝贺你干什么？"

又一天，麒麟过生日，蝙蝠仍然不去。麒麟也怪罪它，蝙蝠说："我有翅膀，属于禽类，为什么朝贺你呢？"

后人用"蝙蝠骑墙"这个典故来比喻那些看风使舵、投机钻营的人。

变本加厉

典出南朝（梁）萧统《文选·序》：增冰为积水所为，积水冒微增冰之凛。何哉？盖踵其事而增华，变其本而加厉，物既有之，文亦宜然。

南北朝时，南朝梁武帝萧衍的长子萧统编撰了一部文学总集《文选》。它是我国现存在编撰最早的一部文学总集，共收录了周代至六朝七八百年间130位知名作者和少数佚名作者的作品700余件（首），各种文体的主要代表作大致具备。由于《文选》是一部选集前人文学著作的总集，阅读各家代表作品比较方便，因此受封建知识分子的重视。到了后世，几乎成了他们必修的课本，甚至有"《文选》烂，秀才半"的谚语。

萧统在《文选》的序文中，对选编此书的重要意义以及选择标准作了交代。他说：文学作品是社会生活的反映，但又是社会生活的升华，犹如冰是由水凝成的，但它又"变本加厉"，比水冷得多一样。

"变本加厉"原意为比原来更加发展。

后人用这个典故比喻情况比原来更加严重，多用于贬义。

不胫而走

典出《昭明文选·孔文举（论盛孝章书）》：珠玉无胫而自至者，以人好之也。

三国时代，孔融的好朋友盛孝章住在东吴。那时吴国的孙策对有名望的人都很妒忌，常常把一些有才之士借故杀掉。盛孝章是一个很有名望的人，孔融时时为他担心，生怕被孙策杀害，于是写信给曹操，劝他招纳盛孝章。他在信中写道："如果您要匡复汉室，就先得着实求贤；而要求得贤人，就要尊贤，这样有才德的人，就会自然来到。这就好像'珠玉无胫而自至者，以人好之也'（意思是：珠和玉本来没有脚，因为人们爱好它的缘故，遂落到爱好它的人手中）。"

"无胫而自至"后被说成"不胫而走"。

后人用"不胫而走"来比喻事物不待推行就迅速地传播流行开了。

不近人情

典出《庄子·逍遥游》：吾闻言于接舆，大而无当，往而不反。吾惊怖其言，犹河汉而无极也，大有径庭，不近人情焉。

春秋时代，楚国有个狂士名叫接舆，他向肩吾讲了一个故事。

在遥远的北海中，有一座名叫姑射的仙山，山上住着神仙。那些神仙啊，皮肤像冰雪一样的洁白，容貌如处女一样端庄。他们不吃五谷，只需吸风饮露即可生活。他们驾驭飞龙，腾跃于云气之中，巡游于四海之外。当那些神仙精神专一时，就能使宇宙间的一切正常发展，万物不病，五谷丰登。

肩吾听了这个故事，很不理解，就去对连叔说："吾闻言于接舆，大而无当，往而不反。吾惊怖其言，犹河汉而无极也，大有径庭，不近人情焉。"（意思是：我听了接舆的一番言论，觉得他的话夸大得没有根据，愈说愈离奇，无法反复印证。他所讲的好像天上的银河一样，没有边际，离实际太远，太使人惊诧了，真是怪诞荒谬，太不近乎人情了。）连叔沉思片刻，然后对肩吾说："是这样的。一个瞎子对于有文采的东西是无法鉴赏的，一个聋子对于钟鼓之声是无法判断的。在智慧上也是这样，因为你不知接舆所说的是高妙的至理，所以你认为他的话是谎言。听了你说的这番话，我觉得你和往日一样，一点儿也没有进步。"肩吾听了连叔的话，默不作声。

后人用"不近人情"表示不合人之常情。

不拘小节

典出《后汉书·虞延列传》：性敦朴，不拘小节，又无乡曲之誉。

东汉时候有个叫虞延的人，生得虎背熊腰，身材魁梧，力气大得惊人，能举起做饭的大锅。虞延性情直爽、豪放，不大注意生活琐碎的小事情，然而却敢主持公道，敢作敢为，不怕有权有势的人。虞延年轻时候在家乡当亭长。有一次王莽的贵妃魏氏亲戚，倚仗权势在乡里横行霸道。百姓十分气愤，但不敢去碰他们。虞延却不听邪，带着吏卒冲进去把他们都抓了起来。老百姓人人称快，可是虞延因此而得罪了朝廷。

王莽垮台之后，虞延得到升迁，后来他在太守富宗家做功曹。富宗这个人生活极为奢侈，衣服、车马、器物都违反朝廷规定，有一次虞延劝他说：

"听说春秋时候，齐国的相国晏婴，做那么大的官都不穿皮衣；季文子在鲁国做相国，他的妻子也不穿丝帛做的衣服，可您却这样靡费，恐怕不合适吧。"

富宗听了他的劝告，不但不改，反倒对他冷淡起来，虞延因此离开他，回家了。

没过几天，富宗果然因为奢侈过度而被朝廷捕获诛杀。他临近伏法的时候，痛哭流涕地喊道："虞延呀虞延呀，你的话真对呀，我后悔没听你的劝告呀……"

虞延的名声逐渐传到皇帝耳中，皇帝封他为公车令，第二年又让他做洛阳令。当时皇帝的亲属阴氏有一位宾客，名叫马成，因奸盗罪被虞延捕获入狱。阴氏便向皇帝告状，说虞延捕获的罪犯都是冤枉的。皇帝便亲自去狱中盘查囚犯。

虞延向皇帝报告说："这里的囚犯有理可论的在东面，罪状确实必须判罪的全在西面。"

这时马成急忙从西边跑到东边，口中在喊："冤枉！"

虞延拉住他，怒斥道："你是惯犯，因为有靠山不敢动你，就像庙堂里的耗子因为怕薰了神像，所以不去处置它。今天抓到你，定当法办！"

皇帝信任虞延，知他不会徇情枉法，便斥责马成：

"你犯了王法，这是咎由自取！"

可是许多年后，虞延仍是被阴氏逼得无法立足，只好自杀。

"不拘小节"原来是不为小事所限制的意思，现在则指人不注意生活小事。

不可胜数

典出《墨子·非攻中》：百姓之道（由）疾病而死者，不可胜数。又见《汉书·伍被传》：死者不可胜数，僵尸遍野。

淮南王刘安手下有个郎中名叫伍被，此人很有学问。刘安喜欢学者，而伍被则是刘安所喜欢的几个学者中最受赏识的。为此，一些重大政治问题，刘安常常征求伍被的意见。

刘安想起兵造反，多次与伍被商量，伍被皆认为凶多吉少，不宜行动。后来刘安认为可以起兵了，又去找伍被商量。他对伍被说："现在时机已经成熟，可以起兵，因为天下的百姓对皇上不满，诸侯行为失检的也多，而且他们对皇上也怀有疑惧。我想，我们在西乡起兵，必然会有人响应。"伍被还是不同意刘安的看法。他告诉刘安说："汉高祖之所以得天下，是因为秦王残害百姓，杀术士，任刑法。当时男的辛勤耕种还不得一饱，女的勤于纺织还衣不蔽体。秦始皇修筑长城，军队没有住处，都在露天宿营，'死者不可胜数，僵尸遍野'。当时百姓想造反的，10 家当中就有 5 家，而今不是这种情况。"刘安虽然觉得伍被的话有道理，但他造反之心未变。后来伍被另给刘安想了一条起兵之计，但消息很快被朝廷知道，于是伍被便被杀掉了。

后人用"不可胜数"形容为数极多，数也数不清。

不伦不类

典出明·吴炳《疗拓羹记》·卷上之絮影：眼中人不偷不颊，穿中人不伶不俐。又见《红楼梦》第六十七回：王夫人听了，早知道来意了。又见他说的不伦不类，也不便理他。

薛蟠从江南贩卖货物归来，给他妈妈、妹妹各购置一箱东西。给他妈妈的一箱是绸缎绫锦洋货等家常应用之物。给他妹妹的一箱是些笔、墨、纸、砚，各色笺纸，香袋、香珠、扇子、扇坠、花粉、胭脂以及自行人。水银灌的打金斗小小子、沙子灯……宝钗将那些玩意儿一件一件地过了目，除了自己留用之外，一份一份配合妥当，叫莺儿同着一个老婆子送往贾府各处。

赵姨娘见宝钗送给贾环一些东西，心中甚是喜欢，心想宝钗是夫人的亲戚，为什么不到王夫人那里去感谢感谢，以讨得王夫人的欢心呢？主意已定，她便拿着宝钗送的东西，到王夫人房中，赔笑说道："这是宝姑娘才刚给环哥儿的。难为宝姑娘这么年轻的人，想得这么周到，真是大户人家的姑娘，又展样，又大方，怎么叫人不敬奉呢！怪不得老太太和太太成日家都夸他疼他。我也不敢自专就收起来，特拿来给太太瞧瞧，太太也喜欢喜欢。"

王夫人一听，便知道她的来意。又见她说的不伦不类，也不便不理她，便说道："你只管收了去给环哥儿玩罢。"赵姨娘来时兴兴头头，谁知抹了一鼻子灰，满心生气，又不敢露出来，只得讪讪地出来了。

后人用"不伦不类"（伦：类。不像这样，也不像那样）表示把不能相比的东西相提并论，意即不三不四或不像样。

不宁唯是

典出《左传》昭公元年：不宁唯是，又使围蒙其先君。

春秋时，楚国有一个管军事的公子，名叫围，同郑国的一个女子定了亲。公子围想趁到女方迎亲的机会，带兵偷袭郑国。于是，他驾着战车，带着"迎亲"大军，浩浩荡荡，直奔郑国而来。

郑国人见公子围不怀好意，关紧城门不让他进去，并对他说：我们郑国城小，容不下你们这么多人，婚礼就在城外举行吧！

公子围的随从人员见此情形，对郑国人说：婚姻大事，岂能儿戏，那能在城外举行婚礼呢？现在你们不让我们进城，这不是让天下人说我国比别国低一等吗？不但如此，又使公子围欺骗了他的祖先，因为他来前是祭了祖宗的啊！

郑国人见楚国人强词夺理，便一针见血地指出：郑、楚联姻，本想更加安全，现在你们带兵入城，是不安好心，想借迎亲来偷袭啊？公子围见计谋被识破了，料想郑国已有准备，便放弃了偷袭的念头，叫士兵空手进城。这样，郑国才让公子围进城举行婚礼。

后人用"不宁唯是"这个典故比喻"不仅如此"。这里的"宁"字，是语助词，没有实际意义，"唯"，是"只""独"的意思。

不识时务

典出《后汉书·张霸传》：霸名行，欲与为交，霸逡巡不答，众人笑其不识时务。

东汉献帝时，因政权完全操纵在大臣们手里，汉室已面临危险的地步，刘备是皇室的子孙，很想找机会挽救汉朝的危机，但是东奔西走，总是没有好的根据地。有一天，他特地去拜访隐士司马徽，司马徽是当时很有才学的人，他对刘备说："我很久就听到你的大名了，你为什么总是东奔西走的没有一个好的根据地呢？"刘备说："这也许是我的运气不好，八字生得不巧呀！"司马徽道："不是的，是左右没有

不识时务

好的人才扶助你的缘故。"刘备说："我自己虽然没有才能，但是我的左右都是能干的人，如文有糜竺和简雍，武有关羽和张飞，不能说没有人才。"司马徽说："糜、简二人只能算是普通的文人，没有多大帮助。关羽和张飞虽然有万夫不当之勇，毕竟是武将之流，不是通权达变的人才；至于糜竺、简雍二人，我刚才说过，他们对你没有多大帮助，因为他们都是白面书生，是不识时务的人；识时务的人，才可以称得起是俊杰，你要找到识时务的人来辅助你，才能成大功立大业。"

后人把"不识时务"引申出来，比喻人眼光狭窄认识不了时势。

不死之道

典出《韩非子·外储说左上》：客有教燕王为不死之道者，王使人学之。所使学者未及学而客死；王大怒，诛之。王不知客之欺己，而诛学者之晚也。

有人要教给燕王长生不死的方术，燕王于是派人跟他学。派去学习的人还来不及学，这个人就死掉了。燕王大发雷霆，下令把派去学习的人杀了。

燕王不知自己上了骗子的当，倒嫌学的人学得迟而杀死他。

后人用"不死之道"比喻大凡迷信什么"不死之道"一类邪说的古代统治者，都是既愚蠢又残暴的。

不死之药

典出《韩非子·说林上》：有献不死之药于荆王者，谒者操之以入。

中射之士问曰："可食乎？"

曰："可。"

因夺而食之。王大怒，使人杀中射之士。

中射之士使人说王曰："臣问谒者，曰'可食'，臣故食之。是臣无罪，而罪在谒者也。且客献不死之药，臣食之而王杀臣，是死药也，是客欺王也。夫杀无罪之臣，而明人之欺王也，不如释臣。"

王乃不杀。

有一个人拿不死之药去献给楚王，谒者便捧着它送进宫去。中射之士问谒者说："这东西可以吃吗？"

谒者回答说："可以吃。"

于是，中射之士便把不死之药夺过来吃掉了。楚王大怒，叫人去杀死中射之士。

中射之士托人对楚王说："我询问

不死之药

谒者，谒者说'可以吃'，所以我便把不死之药吃了。这说明我并没有罪，而罪是在谒者身上。再说，客人献的是不死之药，我吃了，而君王却把我杀了，说明这是一种死药，是客人在欺骗君王。因此，把没有罪的人杀死了，从而说明客人是欺骗君王的，倒不如把我释放了。"

楚王便决定不杀中射之士。

这则寓言说明中射之士，以其行动揭穿了"不死之药"的诬妄，以其逻辑挫败了昏庸楚王的杀机，是勇者，又是智者。勇是智的表现，智是勇的内涵，可谓智勇双全。

模棱两可

典出《旧唐书·苏味道传》：尝谓人曰："处理不欲决断明白，若有错误，必贻咎谴，但模棱以持两端可矣。"时人由是号为"苏摸棱"。唐朝有个叫苏味道的人，很有才学，9岁的时候就能写诗作赋。他考中进士以后，被朝廷调到京城长安做官。由于他学识渊博，文章又写得好，官职升得很快，不久便当上了凤阁侍郎。可是不料吃了官司，被捉下狱。

苏味道被关押在监狱中，有一次武则天看见他独自一人坐在地上吃饭，瞧他的样子怪可怜的，就放他出狱，让他到集州去当刺史。几年之后，朝廷又召他回来，做天官侍郎，接着又恢复他凤阁侍郎的官位，然而不久他又被人弹劾，朝廷将他贬为坊州刺史。

苏味道经过这一番折腾，心中十分凄苦，做起事来也有眼无心了。下官找他审理案件，他总是用手摸着床棱，老半天不说"是"，也不说"不是"，没有一个明确的态度。日子一久，人们便给他起了一个绰号："摸棱手"。有人干脆叫他"苏摸棱"，连姓名也忘了。

苏味道这种处事态度很多人不理解，又不便询问，只好在一旁叹息。有一次，一位老朋友向他提起了这件事情，苏味道感慨地说：

"你哪里知道啊，这是我大半辈子的痛苦经验呀！决定事情不要说得太明白，那样如果错了必然要遭到人家指责，那时后悔也来不及啦。但是摸棱以持两端就可以避免其祸了。"

苏味道在58岁那年，又被朝廷复升为益州长史。可是他还没有到任，就死在半路上了。

成语"模棱两可"就是由这个故事中引出来的，后人用它比喻对问题的正反两面，含糊其辞，态度不明确。

"摸棱"，也写作"模棱"。

磨刀霍霍

典出宋代郭茂倩所编的《乐府诗集·木兰诗》：爷娘闻女来，出郭相扶将；阿姊闻妹来，当户理红妆；小弟闻姊来，磨刀霍霍向猪羊。

这是《木兰诗》中写木兰不受升赏，甘愿还乡，回到家乡以后全家团聚时的几句诗。大意是说：爹娘听说女儿归来了，急急忙忙地互相搀扶着出城迎接；姐姐听说妹妹返乡，赶忙梳洗打扮等候聚谈；弟弟听说姐姐就要到家了，霍霍磨刀杀猪宰羊，准备

磨刀霍霍

欢宴。

后人用"磨刀霍霍"比喻准备活动。

莫知其丑

典出《贤弈编》：南岐在秦蜀山谷中，其水甘而不良，凡饮之者辄病瘿，故其地之民无一人无瘿者。及见外方人至，则群小、妇人聚观而笑之曰："异哉，人之颈也！焦而不吾类。"

外方人曰："尔之累然凸出于颈者，瘿病之也！不求善药去尔病，反以吾颈为焦耶？"笑者曰："吾乡之人皆然，焉用去乎哉！"终莫知其为丑。

南岐在秦岭的大山谷中，那里的饮水甘甜但质地不良，凡是喝这种水的人都生大脖子病，所以那里的居民没有一个不是大脖子的。

看到外地人走来，小孩和妇女们都围着看，并讥笑来人说："真奇怪呀！这个人的脖子枯瘦如柴，完全不像我们。"

外地人说："你们脖子上突出肥大的东西，是生了瘿病啊！你们不寻找良药除病，反而还笑我的脖子枯瘦吗？"

讥笑外地人的人们说："我们家乡的人都是这样，哪里用得着除掉它呢？"

最终也没人认为大脖子是丑陋的。

后人用这则寓言说明坏习气一旦成为普遍现象，就是十分难于革除的。它的顽固性在于颠倒黑白、美丑难辨。更可悲的是，这伙人有病而不自知，并且以丑为美，这与世上那些追逐利禄、道德沦丧，一旦有点权势，就自矜自傲、目中无人的家伙，有什么两样呢？

暮夜无知

典出《后汉书·杨震列传》：……谒见，至夜怀金十斤以遗震。震曰："故人知君，君不知故人，何也？"密曰："暮夜无知。"震曰："天知、神知、我知、子知。何谓无知！"密愧而出。

东汉汉安帝在位的时候，朝廷有个太尉，叫杨震。杨震这个人为人忠诚、耿直，办事清廉，从来不接受别人的贿赂。在他做太守的时候，有一次路过昌邑，昌邑的县令正是他过去所举的秀才王密。王密见到杨震十分恭敬，当天夜里，他带着10斤黄金，来到杨震的住处，将黄金偷偷送给他。

杨震看到王密这种举动，很不高兴，就对他说："咱们是老相识了，我了解你，可是你不了解我，这是什么道理呢？"

王密悄悄地说："你收下吧，夜已经深了，没有人会知道的！"

杨震生气地说："天知、神知、我知、你知，怎么能说没有人知道呢！"

王密听了他的话，觉得很惭愧，便把黄金带回去了。

后来杨震做了朝廷的太尉，权力很大，许多人都来找他办事，可是他不徇私情，从不接受人家的礼物。有一次，皇帝的亲戚、大将军耿宝，向他推荐一个人做官，杨震不答应。耿宝威胁他说："我推荐的这个人，皇帝都很重视，老实告诉你吧，我不过是传达皇帝的意思罢了。"杨震毫不惧怕，"那么你拿来皇帝的诏书吧！"一句话将耿宝顶了回去。

过了几日，皇后的哥哥也向杨震推荐自己的亲友做官，杨震都拒绝了。可是不久，耿宝和皇后的哥哥所推荐的人，都在朝廷做上了官。杨震还因此受到一些人的怨恨。

汉安帝延光二年，皇帝刘祜为他妈妈修造宅第，大兴土木，耗费巨资。朝廷上的奸臣、赃官趁机营私舞弊，搜刮民财。樊丰和谢恽更是有恃无恐，假做诏书，调拨钱粮、木材，为自己建造家舍、园地，花费的钱财人力不计其数。杨震见到这种情况，心中十分气愤，他几次给皇帝上书，想劝说皇帝停止这种无益的举动，可是皇帝不听他的。从此奸臣们更加怀恨杨震。樊丰伙同一群赃官，趁皇帝出巡在外的机会，派人去收缴了杨震的印绶，并且指使大将军耿宝禀奏皇帝，说杨震对圣上不满，怀恨在心。结果皇帝下诏，遣送杨震回乡。

杨震离开洛阳城,走到城西的几阳亭时,对他的儿子和随从们,感慨地说:

"人死了,倒没有什么,可惜我身居高位,却不能杀掉奸臣,制止祸害国家的人。我还有什么脸面见日月呢?我死后不要用好木头做棺材,不要设祭堂!"说完,便喝毒酒自尽了。

杨震死后一年多,汉顺帝即位,杀掉了奸臣樊丰等人,又为杨震改葬。在为杨震举行葬仪的时候,突然飞来一只大鸟,有一丈多高,两只翅膀有两丈余长,羽毛五颜六色,谁也不知道这是什么鸟。这只奇鸟落在杨震灵前,俯仰悲鸣,眼睛流出眼泪,一直到葬仪完毕,它才飞走。皇帝以为这是杨震死得冤枉,神仙显圣,阴魂有灵,于是下了一道诏书,给杨震修了祠庙,在杨震墓前又立了一个石鸟像。

"暮夜无知"原来的意思是夜里做的事情,没有人知道。后来人们则用"暮夜无知"比喻暗中贿赂。

弄假成真

典出《元曲选》中的无名氏《江斗智》二:"那一个掌权的怎知道弄假成真。"又见《三国演义》第五十五回:却说孙权差人来柴桑郡报周瑜,说:"我母亲力主,已将吾妹嫁刘备,不想弄假成真。此事还复如何?"

东汉末年,刘表死后,刘备占据了荆州。东吴以杀退曹兵,救了刘备为由,前来索取荆州。但当时刘表的儿子刘琦尚在,所以商定,等刘琦死了,就将荆州归还东吴。后来刘琦去世,东吴派鲁肃来要荆州。诸葛亮说,要等到夺得安身之处以后才能归还。周瑜和鲁肃怕没讨来荆州不好向孙权交代,便设了一计:趁刘备丧妻,必将续娶之机,假意将孙权的妹妹许配给刘备,待刘备来东吴以后,把他因在狱中,以换荆州。

谁知刘备到东吴以后,被国太看中,又经乔国老反复说和,真的把孙权的妹妹许配给了刘备，并在东吴成了亲。孙权派人将此消息报给在柴桑郡的周瑜说："我母亲已经作主将我妹妹嫁了刘备，你们设的计策弄假成真了。"

后人用"弄假成真"这个典故比喻假意做作，后来竟成了真事。

盘根错节

典出《后汉书·虞诩传》：后朝歌贼宁季等数千人攻杀长吏，屯聚连年，州郡不能禁，乃以诩为朝歌长。故旧皆吊诩曰："得朝歌何衰？"诩笑曰："志不求易，事不避难，臣之职也。不遇盘根错节，何以别利器乎？"

东汉时，武平有一个叫虞诩的人，从小无父，由祖母扶养成人，他一直奉养他祖母到90岁寿终，方才出来应太尉李修的聘请，在他府里任职。

汉安帝永初四年（110年），羌族和匈奴人入侵，并州和凉州同时受到危害。大将军邓骘认为两面应付，不如放弃西方，专对北方，很多大臣都同意他的主张。虞诩却对李修说："口语相传，关西出将，关东出相。凉州人士是熟悉军事、善于战斗的。羌胡所以不敢入侵关中，就是怕凉州人，而凉州人所以肯保卫国土，也是因为属于汉朝的缘故。如果把凉州割掉，单把凉州人移入内地，这样恐怕酿成不可收拾的后患。"邓骘因为虞诩独持异议，很不高兴，便想办法害他。

不久，朝歌地方（今河南淇县）发生了民众起兵反抗的事情，攻杀地方官吏，经年累月，消弭不了，邓骘找了个理由把虞诩调出去做朝歌县令。一班老朋友都很替他担心。他笑道："有志气的人，是不求容易的事，不避艰难的。譬如我们砍树，不遇到坚强的根和节的所在，显不出斧头的锋利。这有什么可怕的？"他到了朝歌，果然很快就平息了动乱。

朝廷认为他有将帅之才，就把他升作武都太守，后来更进兵大破羌人，官至尚书仆射。

后来，人们把虞诩去朝歌前说的话，引申为"盘根错节"一句成语，比喻事情极其复杂，难于处理。

皮里春秋

典出《晋书·褚裒列传》："谯国桓彝见而目之曰：'季野有皮时阳秋。'言其外无疑臧否，而内有所褒贬也。"

褚裒是东晋时有名的人物，年轻时就显露出来一种不同凡响的风度。他为人正派、耿直，办事谨慎、小心，不爱说话，更不当人面表白自己的功劳，很受朝廷官员们的赏识。当时的名人谢安，都常在众人面前夸奖他。

有一天，功名显赫的朝廷尚书吏部郎桓彝，看见褚裒，眼睛盯住他不放，半晌才缓缓地笑着说：

"哈哈，果然是名不虚传，我看褚裒是有皮里阳秋，虽然他口头上不表示什么，可心里是非分明，极有主见，可以说他身上具备四时的正气……"

当初，褚裒在郗鉴部下做参军，后来升迁为司徒从事中郎。

褚裒中年以后，他的女儿嫁给了康帝司马岳，他成为皇后的父亲，于是官职高升，做了朝廷的尚书。

皮里春秋

褚裒为官清廉，生活也很简朴，虽然做了那么大的官，又是皇亲，可还是叫自己家的仆童买柴买菜，从不假公济私。他在朝廷做了一阵子官以后，总觉得心里不安，怕别人说他依靠皇后的势力专权，几次要求离开京城，到外去任职。

后来，朝廷同意了褚裒的请求，派他去都督兖州、徐州的军事，出镇京口。

"皮里阳秋"即"皮里春秋"，意思是说表面上不作任何批评，而心里却有所褒贬。"皮里春秋"也可以称作"皮里阳秋"，因为晋朝的简文帝母亲名春，晋人避讳，所以用"阳"代"春"。

僻性畏热

典出《广笑府》：一贫亲赴富亲之席，冬日无裘而服葛，恐人见笑，故意挥一扇对众宾曰："某性畏热，虽冬月亦好取凉。"酒散，主人觉其伪，故作逢迎之意，单衾凉枕，延宿池亭之上。夜半不胜寒，乃负床蔽体而走，失脚堕池中。主人环视之，惊问其故，贫亲曰："只缘僻性畏热之甚，虽冬月宿凉亭，还欲选一水浴耳。"

僻性畏热

有个穷人到一户有钱的亲戚家里做客赴宴，大冬天没有皮袄穿，便穿了一件葛布夏衣。他怕被人笑话，故意摇着扇子对众位客人解释说："本人生性怕热，虽然是大冬天，也好取凉。"酒席散后，主人觉察到了他的这种虚假表现，却故意表示出迎合讨好他心意的样子，给准备了单被凉席，请他就在池边的凉亭上睡觉。到半夜，这人冻得实在受不住，就用凉席裹着身子在池边跑起来，不料一失腿掉入了水中。主人围着看他，惊奇地问是怎么一回事，他说："只因为我有这种特别怕热的怪僻生性，虽然冬天睡在这凉亭内，还是热得想洗一个冷水澡呢！"

后人用"僻性畏热"这个典故告诉人们，虚伪的表现是很容易被人觉察的，死爱面子终究要丢尽面子，太不老实结果是自讨苦吃。做人切莫如这位"贫亲"，要做老实人，说老实话，办老实事。这个穷人的吃亏就在于死爱面子，太不老实。

贫儿学谄

典出《谐铎》：嘉靖间，冢宰严公，擅作威福。夜坐厅内，假儿义子纷来投谒。公命之人，俱膝行而进。进则崩角在地，甘言谀词，争妍献媚。公意自得，曰："某侍郎缺，某补之；某给谏缺，某补之。"众又叩首谢，起则左趋右承，千态并作。少间，檐瓦卒卒有声，群喧逐之，一人失足堕地。烛之，鹑衣百结，痴立无语。公疑是贼，命执付有司。其人跪而前曰："小人非贼，乃丐耳！"公曰："汝既为丐，何得来此？"丐曰："小人有隐衷，倘蒙见宥，愿禀白一言而死。"公许自陈。曰："小人张禄，郑州人。同为丐者，名钱秃子。春间，商贾云集，钱秃所到，人辄恤以钱米。小人虽有所得，终不及钱秃。

贫儿学谄

617

问其故？钱曰：'我辈为丐，有媚骨，有佞舌。汝不中窍要，所得能望我耶！'求指授，钱坚不许。因思相公门下，乞怜昏夜者，其媚骨佞舌，当十倍于钱。是以涉远而来，伏而听、隙而窥者，已三月矣！今揣摩粗就，不幸踪迹败露。愿假鸿恩，及于宽典。"公愕然，继而顾众笑曰："丐亦有道，汝等媚骨佞舌，真若辈之师也！"众唯唯。因宥有罪，命众引丐去，朝夕轮授。不逾年，学成而归。由是张禄之丐，高出钱秃子上焉。

　　明朝嘉靖年间，宰相严公独揽大权，作威作福。夜里坐在内厅，假儿义子们纷纷跑来求见。严公命令他们进来，都跪着用两个膝盖行走。一进内厅就像山崩一般叩头在地，满嘴阿谀奉承的甜言蜜语，争相献媚讨好。严公自鸣得意，说道："某侍郎有缺，派某人去补充；某处给谏者缺，派某人补充。"众人听后又叩头致谢，一起身就左边趋进、右边奉承，千形百态，一股脑儿施展出来。

　　过了一会，屋檐上的瓦片发出轻微的摩擦声，人们一齐呼喊驱逐，忽然有一个人失足落地。拿灯来一照，只见他身穿破衣烂衫，呆呆地站在那里不说一句话。严公以为是贼，就命令差役把他拿住，交给主管官吏去处置。那人跪着说道："小人不是贼，是一个乞丐呀！"严公说："你既然是乞丐，为什么来到此地？"乞丐说："小人内心有不可告人的苦衷，假若能得到您的宽恕，我愿禀告一句话便死。"严公便答应让他陈说。乞丐说："小人名叫张禄，郑州人。有和我一起当乞丐的，名叫钱秃子。今年春天，经商做买卖的人云集市场上，钱秃子所到的地方，人们就救济他钱和米。小人虽也略有所得，但终不及钱秃子收获多。我问他什么缘故？钱秃子说：'我们这号人当乞丐，要有谄媚的骨头，要有花言巧语的舌头。你没有抓住要领，所得到的钱米能和我相比吗？'我请求他教给我办法，钱秃子坚决不答应。因而想到相公门下有许多昏夜乞怜的人，他们的媚骨巧舌当比钱秃子还要高明十倍。因此我就远道而来，趴在屋檐上偷听，从缝隙里偷看，已经有三个月了。现今刚刚揣摩学到一点门道，不幸失足摔了下来，败露了马脚。愿借大人的鸿大恩惠，给我以宽大处理！"严公非常惊讶，接着又回头对众人笑着说："当乞丐也要有技术，你们这些人天生的媚骨巧舌，真够得上是这些乞丐们的老师了！"众人听了，都毕恭毕敬地答应着。严公因此便赦免了这个乞丐，命令众人带他去，日夜轮流教他谄媚阿谀的方法。不到一年的时间，就学成回家了。从此以后，张禄的丐术，远远高出钱秃子之上了。

后人用这则寓言说明行乞有道，谄媚阿谀也有道。乞儿向宰相严公的部下门人学谄媚之术，竟能远远超出惯丐钱秃子之上，真是对宦门官府的莫大讽刺。作者在篇末通过"铎曰"满怀激愤地揭露道："张禄师严冢宰门下，若严冢宰门下又何师？曰：'师严宰！'前明一部百官公卿表，即乞儿渊源录也。异哉张禄！乃又衍一支。"严冢宰门下众人是丐者张禄之师，他们的老师又就是严冢宰。"前明一部百官公卿表，即乞儿渊源录也！"活骂煞一切专靠拍马逢迎、吮痈舐痔而升官发财的人！

平地风波

典出唐刘禹锡《刘梦得文集·竹枝词》中"长恨人心不如水，等闲平地起波澜"。

唐代贞元二十一年（805年），以王叔文为首的革新运动失败后，刘禹锡牵连坐罪，被一贬再贬。

对黑暗的现实和自己被排挤诬陷，刘禹锡心里非常痛恨。在任夔州刺史时，他仿照当地的民间歌谣，作了11首《竹枝词》。在其中的第七首中，刘禹锡写道："瞿塘嘈嘈十二滩，此中道路古来难。长恨人心不如水，等闲平地起波澜。"意思是说，瞿塘峡中，处处险滩，急流嘈嘈，古来行船难。深恨人心不如江中水，无缘无故平地起波澜。

后人用"平地风波"来比喻意外的纠纷或事故，也可用来比喻无中生有。

攀龙附凤

典出汉扬雄《法言·渊骞》：攀龙鳞，附凤翼。巽以扬之，勃勃乎其不可及也。又见《汉书·叙传下》：舞阳鼓刀，腾公厩驺。颍阴商贩，曲周庸夫。攀龙附凤，并乘天衢。

据《汉书》记载：汉高祖刘邦在打天下的时候，有几位跟随他南征北战，立下汗马功劳的将领。他们是：舞阳侯樊哙、滕公夏侯婴、颍阴侯灌婴和曲周侯郦商。这几个人在跟随刘邦以前，在各种行业中干过事：樊哙是杀狗的；夏侯婴先后做过沛县的厩司御（管牲口）和滕令；灌婴是贩卖丝绸的小商人；郦商也不过是个很平庸的小官吏。因为他们依附了刘邦，后来都干出了一番事业。所以，《汉书》的作者说他们是攀龙附凤，借他人之力上来的。

"攀龙附凤"泛指攀附有权势的人以猎取功名富贵。因为龙、凤旧时多指帝王，所以也用这句成语来比喻臣下随从帝王以建功立业。如《后汉书·光武帝纪》中就有："（士大夫）从大王于矢石之间者，其计固望其攀龙鳞，附凤翼，以成其所志耳。"

后人用"攀龙附凤"这个典故比喻巴结或投靠有权势的人，以猎取个人名利。

齐人论画

典出《韩非子·外储说左上》。齐国有位画家给齐王画画儿。齐王问他："画什么最难？"画家回答说："画犬马最难。"

齐王又问："画什么最易？"画家说："画妖魔鬼怪最容易。"

齐王又问："这是什么道理呢？"画家解释道："犬马天天都出现在人

面前，人们对它们都非常熟悉，画得不像，别人一眼就看出来了；鬼神无形，谁也没有见过，所以画起来就比较容易”。

后人把这个故事概括为“齐人论画”，用来比喻避难就易、避实就虚的取巧行为。

齐奄号猫

典出《应谐录》：齐奄家畜一猫，自奇之，号于人曰：“虎猫”。客说之曰：“虎诚猛，不如龙之神也，请更名曰龙猫。”又客说之曰：“龙固神于虎也，龙升天，须浮云，云其尚于龙乎？不如名曰云猫。”又客说之曰：“云霭蔽天，风倏散之，云故不敌风也，请更名曰风猫。”又客说之曰：“大风飙起，维屏以墙，斯足蔽矣，风其如墙何！名之曰墙猫可。”又客说之曰：“维墙虽固，维鼠穴之，墙斯圮矣，墙又如鼠何！即名曰鼠猫可也。”乐里丈人嗤之曰：“噫嘻！捕鼠者故猫也，猫即猫耳，胡为自失本真哉！”

齐奄家里养着一只猫，自以为珍贵，对人号称“虎猫”。有个客人说：“老虎固然勇猛，但不如龙有神威，请改名叫龙猫吧。”另一个客人说：“龙的声威虽然超过虎，但龙要升天，必须乘云，云不是在龙之上吗？不如改名叫云猫。”又有个客人对他说：“云雾遮天蔽日，一股风就把他吹散了，云显然敌不过风，请叫风猫吧。”又一个客人说：“大风刮起来，只有凭借高墙才能遮挡，风哪能比得上墙呢？还是叫墙猫好吧。”还有个客人，对齐奄说：“高墙虽然坚固，只有老鼠才能洞穿，使墙倒塌，可见墙并不如鼠，我看叫鼠猫最合适。”

东乡一位老人，听了这件事，耻笑说：“哼！捕老鼠的就是猫嘛！猫就是猫，为什么要故弄玄虚，人为地去掩盖他的本来面貌呢！”

后人用“齐奄号猫”这个典故告诉人们，用偶然性代替必然性，是注定要失败的。

穷涸自负

典出《韩昌黎文集·应科目时与人书》：天池之滨，大江之，曰有怪物焉，盖非常鳞凡介之品汇匹俦也。其得水，变化风雨上下于天不难也；其不及水，盖寻常尺寸之间耳。无高山大陵旷途绝险为之关隔也，然其穷涸不能自致乎水，为㺒獭之笑者，盖十八九矣。如有力者哀其穷而运转之，盖一举手、一投足之劳也。然是物也，负其异于众也，且曰："烂死于泥沙，吾宁乐之；若俯首帖耳摇尾而乞怜者，非我之志也。"是以有力者遇之，熟视之若无睹也。其死其生，固不可知也。

在大海之滨，江河岸畔，听说有个怪物。这个怪物绝非普通的水族之类可比。它置身水中，兴风作雨，飞腾天际，不费吹灰之力；如果一旦离开了水，活动也不过寸尺之间而已。即使没有高山、丘陵、远路、绝壁、关隘阻挡，它窘于干涸，无法自己到达水中，十有八九被那些小小的水獭所嘲笑。

如果有力者怜悯它的困窘，把它送到水中，只需抬一下手、动一下腿就行了。然而这个怪物自负与众不同，说什么："烂死在泥沙，我心甘情愿。如果去俯首帖耳，摇尾乞怜，我坚决不干。"所以，有力者遇到它，熟视无睹，不加理睬。

这个怪物是死是活，就很难预料了。

后人用"穷涸自负"这个典故讽刺那些自命不凡、孤芳自赏、脱离实际、脱离群众的人，摆出一副"清高"的架势，不过是为了抬高自己，待价而沽。

求之不得

典出《诗经·周南·关雎》：窈窕淑女，寤寐求之，求之不得，寤寐思服。又见宋·文天祥《正气歌》：鼎镬甘如饴，求之不可得。下面讲一段文天祥的故事。

1126年，金兵攻入开封，北宋灭亡。次年，赵构（宋高宗）在南京（今河南商丘）称帝，建立了南宋王朝。南宋时，北以淮河、秦岭为界，与金、元（蒙古）先后对峙达100多年，出现了不少抗金、抗元的英雄人物。南宋末年的文天祥就是其中的一个。

1275年，元兵东下。文天祥在赣州组织武装，入卫南宋首都临安（今浙江杭州）。次年，他担任了右丞相，前往元营谈判，被扣留。后于镇江脱逃，自通州（今江苏南通）由海道南下至福建。宋端宗景炎二年（1277年），文天祥进兵收复州县多处，不久为元兵所败，退入广东。翌年，文天祥在五坡岭（今广东海丰北）被俘。他拒绝元将的诱降，于1279年被押送到元大都（今北京）。在大都的牢狱中，文天祥度过了将近4年的时间，他身受威胁利诱，始终不为所动，并在狱中写下了著名的诗歌《正气歌》。诗中叙述了许多历史人物的事例，来赞扬坚贞不屈的"正气"，勉励自己，表现了宁死不降之志。诗中写道："即使把我放在大锅里去烹煮，我也感到像喝甜美的糯米浆一样。为正义而死，是我求之不得的事情。"

"求之不得"即求还求不到。人们常用来形容正寻求某事物时，愿望终于实现了。

鸲鹆噪虎

典出刘基《郁离子》：郁离子以言忤于时，为用事者所恶，欲杀之。大臣有荐其贤者。恶之者畏其用，扬言毁诸庭，庭立者多和之。或问和之者曰："若识其人乎？"曰："弗识，而皆闻之矣。"

或以告郁离子。郁离子笑曰："女几之山，千鹊所巢。有虎出于朴簌，鹊集而噪之。鸲鹆闻之，亦集而噪。鹎见而问之曰：'虎行地者也，其如子何哉而噪之也？'问于鸲鹆，鸲鹆无以对。鹎笑曰：'鹊之巢木末也，畏风，故忌虎。尔穴居者也，何以噪为？'"

郁离子因为说话触犯了时政，被掌权的人憎恨，想要杀死他。大臣中有人推荐他有才能。厌恶他的人害怕他受重用，就在朝廷上扬言诽谤他，旁边站的人很多随声附和。有人问那些附和的人说："你们认识那个人吗？"回答说："不认识，可是都听说过了。"

有人把这件事告诉了郁离子。郁离子笑着说："女几山上，喜鹊筑了巢。有只老虎从林子里跳出来，喜鹊就集合对它乱叫。八哥听到了，也集合来乱叫。寒鸦看见了，就问喜鹊说：'老虎是在地上走的，它能把你怎么样，而你们要对它乱叫呢？'喜鹊说：'这家伙咆哮而生风。我们怕它咆哮出来的风吹垮我们的巢，所以乱叫着使它离开。'又问八哥，八哥无话可答。寒鸦笑着说：'喜鹊的巢筑在树梢上，害怕风吹，所以憎恨老虎。你是在山洞里居住的，为什么也要乱叫呢？'"

这个故事讽喻了那些趋炎附势、随声附和而又没有判断能力的人。

却之不恭

典出《孟子·万章下》：却之却之为不恭。

孟子的学生万章想知道在交际中如何待人，就去问孟子。孟子说："对人应该恭敬。"万章说："今后我一定恭恭敬敬地对待别人。"万章接着又问："俗话说'却之却之为不恭'（意思是：一再拒绝别人的礼物，这是不恭敬），这又是为什么呢？"孟子说："尊贵的人送东西给你，如果你先考虑这些东西是否合于义，想好之后才接受，这是不恭敬的。因此，尊贵的人送东西给你，那就不要拒绝。"万章说："今天的诸侯，他们的财物都是取之于民，也可说是不义之财，假如他们把礼物送给我们，我们可以接受吗？"孟子说："孔

子在鲁国做官的时候，
鲁国人争夺猎物，孔子
也争夺猎物。争夺猎物
都可以，接受尊贵的人
的赏赐又有什么不可以
呢？"万章想：老师都
认为可以，也就不用再
问了，于是告辞而去。

后人用"却之不恭"

却之不恭

表示对别人的赠礼或邀请拒不接受就显得不恭敬。引"取之于民"表示从百
姓那里取得财物。

如出一辙

典出宋洪迈《容斋续笔》卷十一之名将晚谬：自古威名之将，立盖世之勋，
而晚谬不克终者，多失于恃功矜能而轻敌也。……此四人（指关羽、王思政、
慕容绍宗、吴明彻）之过，如出一辙。

宋朝时候，有一个叫洪迈的人，字景庐，别号野处，鄱阳（今江西鄱阳县）
人。他在地方做过知州，在朝廷历任起居郎、中书舍人兼侍读、直学士院等
官职，监修过国史。洪迈的一生涉猎的书籍很多，凡有所得，便随笔记录下来，
这样前后近40年的时间，著成了一部《容斋随笔》。

《容斋随笔》共五集，是关于历史、文学、哲学、艺术方面的笔记。书
中考证了宋以前的一些历史史实、政治经济制度，记述了不少词章典故。对
于某些历史人物和历史事件，也按照自己的观点进行了评论。

在这本随笔的续笔第十一卷中，洪迈指出，历史上有些将领，如汉将关羽、

南北朝时西魏名将王思政、北齐名将慕容绍宗、南朝陈名将吴明彻都曾威震一时，立过盖世之功。但他们到了后来，都以失败而告终。这些人的过失就像从一个车辙里出来的一样，都是因为恃功骄傲而轻敌所致。

"如出一辙"原意为好像从一个车辙里出来的一样。

后人用这个典故比喻言论或行动完全一样。

桑中生李

典出《搜神记》：南顿张助于田中种禾，见李核，欲持去。顾见空桑中有土，因植种，以余浆灌溉。

后人见桑中反复生李，转相告语。有病目痛者息阴下，言："李君令我目愈，射一豚。"目痛小疾，亦行自愈。人犬吠声："盲者得视。"远近翕赫。其下车骑常数千百，酒肉滂沱。

间一岁余，张助远出来还。见之，惊云："此有何神？乃我所种耳。"因就斫之。

南顿地方，有个叫张助的农民。他在田里种庄稼时，发现了一棵李子的核，本想拿回去。回头一看，一株空心桑树中有泥土，他便把李核种到空桑中，用剩下的一点水浇在上面。

后来的人，发现空桑中又复长出了李树，辗转把它传开了。有一个患了眼病的人在树

桑中生李

荫下休息，向李树祷告说："李先生如果使我的眼睛好了，我要用一只小猪来谢你。"他说了以后，觉得眼睛的痛楚略微减轻了一点，后来便慢慢好了。这消息一传出，就好像一只狗偶然望空叫了一声，其他的狗便跟着叫了起来，说什么："有一个瞎子因为李神保佑而重见光明。"这一来，远远近近的人都轰动起来，到那树下祭神的人络绎不绝，坐车骑马的往往成百上千，摆在那里的酒肉等祭品也堆积如山。

隔了一年多，张助出远门回来了。见到大家祭树的情形，很惊奇地说："这树有什么神通？它是我种下的一棵李核呢。"于是就砍掉了。

这则故事生动地描绘了一个迷信事件的始末。它告诉我们：不管制造迷信也好，盲从附和也好，都是没有知识的表现。

杀群牛喻

典出《百喻经》：昔有一人，有二百五十头牛。常驱逐水草随时喂食。时有一虎，啖食一牛。尔时，牛主即作念言："已失一牛，俱不全足，用是牛为？"即便驱至深坑高岸，排著坑底，尽皆杀之。

凡夫愚人亦复如是。受持如来俱足之戒，若犯一戒，不生惭愧，清净忏悔，便作念言："我已破一戒，既不具足，何用持为？"一切都破，无一在者。

过去有一个人喂了250头牛。他经常赶着牛寻求水草充裕的牧场，用心地喂养这群牛。有一天，老虎吃了一头牛。当时，牛群的主人便产生了一个想法："已经丧失了一头牛，这一群牛已经不是原来的满数了，剩下的牛还留下作什么呢？"于是马上将牛赶到一个深坑边，从很陡峭的岸上把它们推下坑底，全部摔死。

尘世间的那些蠢人也像这样。他们接受佛祖释迦牟尼的所有戒律，如果自己违反了一条戒律，不仅不知惭愧，从而反省忏悔，洗刷自己的错误，反而产生这样的念头："我已经违反了一条戒律，既然不能十全十美了，又何必还要遵守其他的呢？"结果破坏了一切戒律，没有遵守一条。

这则寓言是劝诫佛教徒的，但是它的客观意义是：人们无论修养品德、钻研学问、开创事业，都不应为一时的挫折、局部的困难而自暴自弃。

善治伛者

典出《笑林》：平原人有善治伛者，自云："不善，人百一人耳！"

有人曲度八尺，直度六尺，乃厚货求治。

曰："君且卧。"欲上背踏之。

伛者曰："将杀我！"

曰："趣令君直，焉知死事？"

平原有个擅长医治驼背的人，自己夸称："在我手下治不好这病的，在100个人当中也只有一个罢了！"

有一个驼背人，依着弯曲的长短来量有8尺长，依着直立的长短来量只有6尺，便送了很多钱财来请求医治。

治驼背的人说："你且躺下。"说着就要站到他背上去用脚踏。

驼背人说："你要把我害死吗？"

治驼背的人说："为着赶快把你的曲背治直了，哪里还管得着你死不死的事情！"

这一则寓言讽刺了只管医治驼背，不管病人是否会丧命。主观性，片面性，形式主义，轻重倒置，可谓至矣、极矣、无以复加矣。"趣令君直，焉知死事？"这个笑话在民间流传很广，明代江盈科著《雪涛小说》中有《驼医》，即脱胎于此。

蛇黄牛黄

典出《东皋杂录》：有蛇螫杀人，为冥官所追，议法当死。蛇前诉曰："诚有罪，然亦有功，可以自赎。"冥官曰："何功也？"蛇曰："某有黄可治病，所活已数人矣。"吏考验不诬，遂得免。良久，牵一牛至。狱吏曰："此牛触杀人，亦当死。"牛曰："我亦有黄可治病，亦活数人矣。"良久，亦得免。久之，狱吏引一人至曰："此人生常杀人，幸免死，今当还命。"人仓皇妄言亦有黄。冥官大怒，诘之曰："蛇黄牛黄皆入药，天下所共知。汝为人，何黄之有？"左右交讯，其人窘甚，曰："某别无黄，但有些惭惶。"

有一些毒蛇咬死了人，被阴曹的官吏追捕到，论法律应当判处死刑。

蛇向前申诉说："我确实有罪，但也有功，可以自己赎自己的罪。"

阴曹官吏说："你有什么功劳呀？"

蛇说："我身上有黄可以治病，活命的已有几个人了。"

阴曹官吏考验验证认为蛇没有说谎，就免除了它的死罪。

过了好久，又牵了一头牛来。

地狱官吏说："这头牛用犄角触死了人，也应当判处死刑。"

牛说："我身上也有黄可以治病，也治活了好几个人了。"

过了一阵，也得以免除死罪。

又过了很久，地狱官吏拉了一个人上来说："这个人活着的

蛇黄牛黄

时候经常杀人，在世侥幸免死，现在也应当偿命了。”

那人慌里慌张地胡说他身上也有黄。

阴曹官吏大怒，责问他说："蛇黄牛黄都可入药，这是天下所共知的事。您是个人，还有什么黄呢？"

左右官员交相审问，这人狼狈极了，说道："我没有别的黄，只是有些羞愧凄惶。"

后人用这则寓言说明其人自认"但有些惭惶"，看来还是真实的。当然这惭惶，不等于蛇黄、牛黄。想蒙混过关，是不容易的。这则寓言原出苏轼之手。苏轼经"乌台诗案"出狱后，碰到曾在狱中监督他的狱吏，那人感到羞惭。苏轼便以此寓言宽恕了他。

舍旧谋新

典出《左传》僖公二十八年：原田每每，舍其旧而新是谋。

春秋时，晋献公的儿子重耳被迫流亡在外，他先到了卫、齐、曹、宋、郑等国，不被收留。后来，重耳到了楚国，楚王收留了他，并问他："你将来如能再回晋国，怎么报答我？"

重耳说："我若能回晋国当上国君，假若晋、楚两国发生战争，我将退避三舍（古时行军以30里为一舍，三舍即90里），以作报答。"

重耳在外流亡了19年，由秦国送回即了位，就是晋文公。公元前633年，晋楚两国发生了战争。起初，晋文公为了实现他流亡楚国时说的

舍旧谋新

话，果然退军 90 里。楚将子玉依仗大国强兵，坚决要和晋决战。要不要迎战？晋文公仍有些犹豫。这时，晋军中对此事议论纷纷，有的说："一国之君要避让一国之臣（指子玉），太丢人了。"一些知道晋文公和楚国前情的人则说："晋君现在像原田之草，美丽茂盛，可以舍旧谋新了，不应陷在和楚国的旧日情怀中。"晋文公听到这些话，终于下了迎战的决心。城濮一战，晋文公大败楚军。从此，成了一位霸主。

后人用"舍旧谋新"这个典故比喻抛弃从前的旧东西，重新规定和建立新的东西。

设为不宦

典出《战国策·齐策四》：齐人见田骈，曰："闻先生高议，设为不宦，而愿为役。"

田骈曰："子何闻之？"

对曰："臣闻之邻人之女。"

田骈曰："何谓也？"

对曰："臣邻人之女，设为不嫁，行年三十而有七子。不嫁则不嫁，然嫁过毕矣！今先生设为不宦，訾养千钟，徒百人，不宦则然矣，而富过毕也！"

田子辞。

齐国有一个人去见田骈，说："久闻先生品格高尚，宣称自己不做官，而愿替人服役。"

田骈说："您从哪儿听到的？"

那人回答："我从邻居的女儿那里听到的。"

田骈说："这话是什么意思？"

那人答道："我邻居的女儿，自称不嫁人，到 30 岁便生了 7 个孩子。

不嫁倒是不嫁，然而她的行为已经远远超过出嫁了！如今先生自称不做官，而俸禄上千钟，随从上百人，不做官倒也是的，然而您的富有也远远超过做官了！"

田骈一听，急忙告退。

后人用"设为不宦"揭露了帮闲者为剥削阶级所豢养，替他们效劳，却以不做官标榜清高，玩弄自欺欺人的把戏。

深谷为陵

典出《诗经·十月之交》：百川沸腾，山冢崒崩，高岸为谷，深谷为陵。

春秋时，鲁昭公被鲁国的上卿季平子赶走后，一直住在晋国的乾侯。过了一段时间，鲁昭公病重，他将自己逃跑时带出来的珍宝统统赏给跟他来的各个大夫，大夫们都不敢接受。后来，子家子大夫接受了赏给他的东西，大夫们才勉强接受了赏赐。

鲁昭公死后，子家子又带头把珍宝还回来，他说："我当初收下，是因为不敢违背君命。"大夫们也跟着退还了赏赐。

晋国的大夫赵简子听说后，问史官墨道："季平子赶走了鲁昭公，然而人民都支持季平子，诸侯各国也赞成，没有人认为他犯罪，这是什么道理呢？"史官墨说："事物的存在，有的成双，有的成三，有的成五，都有搭配。所以天上有日、月、星三辰，地上有金、木、土、火、水五行，身体有左右，百姓有王，王下有公，公下有卿，这些都是搭配的呀！上天搭配季氏给鲁国，时间已很久了，人民信服他。而鲁国的君主都很荒淫，季氏却勤恳努力，人们早就把国君忘了。所以，鲁昭公死在国外，谁会怜悯他呢？社会本来是变化的，君臣的位子不是固定不变的，从古到今都是这样。《诗经》上不是这样说吗：高高的堤岸可以变成丘陵。虞、夏、商三代的子孙们，如今都成了平民了，这都是天道啊！"

赵简子听了，沉吟半晌说："看来，天道是不可以违背的！"

本典故亦作"高岸为谷，深谷为陵"，原是对自然现象的描写。

后世概括为"深谷为陵"，用以比喻世事变迁。

绳趋尺步

典出《宋史·朱熹传》："方是时，士之绳趋尺步，稍以儒名者，无所容其身。从游之士，特立不顾者，屏伏丘壑；依阿巽懦者，更名他师，过门不入，甚至变易衣冠，狎游市肆，以自别其非党。而熹日与诸生讲学不休，或劝以谢遣生徒者，笑而不答。"

南宋宁宗（赵扩）庆元（1195—1200年）年间，朱熹（1130—1200年，南宋理学家）任焕章阁待制。当时，权臣韩侂胄与赵汝愚互相倾轧，把亲近赵汝愚的朱熹等人所倡导的道学斥之为"伪学"。赵汝愚被斥逐以后，韩侂胄的气焰更加嚣张。右谏议大夫姚愈为了讨好韩侂胄，居然传言说，道学权臣结为死党，想篡位夺权。在韩侂胄等人的鼓吹下皇帝居然诏告天下，要对"伪学"进行讨伐。有人还上书皇上，建议把朱熹斩首示众。

当时，在这种高压政策之下，士人们小心翼翼，一举一动都符合法则规矩。稍以儒道之学闻名的人，在社会上没有立足之地。跟着朱熹学习、有独立见地不怕压迫的人，隐蔽在山野之中。那种胸无定见、曲意逢迎、卑顺懦弱的人，则换请他人为师，经过朱熹的门前也不进去，甚至更换衣帽，在街上游荡，以此证明自己不是朱熹的死党。而朱熹每天与学生们讲学不休。有人劝告朱熹说："把学生们辞退了吧，以免遭祸。"朱熹总是笑而不答。

"绳趋尺步"就是从这个故事来的。绳、尺：工匠画直线、量长度的工具，引申为法度。人们用"绳趋尺步"指举动都符合法则规矩。

什袭而藏

典出《太平御览》引《阚子》：宋人得燕石，"华匮十重，缇巾十袭"而藏。

古代时，宋国有个愚人得了块光洁如玉的石头（因产于燕山，故名燕石）。他以为这是块宝玉，便小心翼翼地加以收藏，并且告诉了邻里乡亲。乡亲们来到这个愚人家里，请求欣赏这块宝石。只见这个愚人穿戴整齐，非常庄重地拿出一只大箱子，打开后又从箱子里面拿出一只箱子，这样一只套一只，竟套了10只箱子。在最里层的第十只箱里，取出一个小包裹，也是一层一层的，共包了10层，最后才露出了那块燕石。大家看见是块普通的石头，一阵哄笑，随即散去。

愚人见大家"不识货"，很生气，又小心认真地把这块石头当做宝贝收藏了起来。

后人用"什袭而藏"这个典故形容珍重地把物品收藏起来。

食指大动

典出《左传》宣公四年：楚人献鼋于郑灵公。公子宋与子家将见。子公之食指动，以示子家，曰："他日我如此，必尝异味。"

春秋时，郑国有个公子宋和另一个公子家，这两人都是贵族，在郑灵公朝中做大夫。有一天早晨，两人一起动身去朝见灵公，公子宋的食指（第二指）忽然翕翕自动起来，公子家见了很奇怪，公子宋说："每次我的食指跳动，那天必有异味可尝。前次出使晋国，尝了石花鱼的鲜味；后来出使楚国又尝了天鹅滋味，不知今天有何鲜味可尝？"

两人将进入朝门，听见内侍传命宰夫（屠夫），原来有个来自楚国的人送给郑灵公一只大鼋（南方海中的龟类动物），灵公命人烹来与朝内大夫共尝。公子宋和公子家见了，不禁相视而笑，在晋见灵公时，两人嘴边仍有微笑。灵公问他们说："你们今天为什么这样高兴？"公子家说："今天我和公子宋入朝时，他的食指忽然动起来，据他说，每次食指大动，必有异味可尝，现在我们见到堂下的大鼋，想到主公今天一定要请诸大臣尝鼋味，到时我们也有机会尝到，证明公子宋的食指有灵，不觉就笑起来！"灵公笑了笑说："灵与不灵，主权还操在我手上呢！"后来鼋羹自下席端到上席，到公子宋时，正好分完了，灵公大笑说："你的食指有灵吗？"公子宋走到灵公座前，伸手在灵公鼎内取鼋肉一块吃了，说："我已尝到鼋味，谁说不灵？"悻悻然地走了。

后人引申为"食指大动"一句成语，用以形容有意外口福的预兆。也可以用"食指大动"来形容觊觎别人的财产。

矢人自得

典出《龙门子凝道记·君子微》：矢人有久业者，其楛干胝理不直也，其瓴羽轻重不伦也，其锋镞顿而不利也，自以为得牟夷之法，津津有喜色。旁有誉之者曰："是诚然矣，秦汉之善矢者，无有越君者矣；非直以越君，吾恐不如君者亦多也。君亦求得价出之。"矢人益喜。宋将军过焉，取而视之，唾去。矢人弗悟，犹以为忌己也。怒曰："人尝谓我矢上齐秦汉，其言当不妄，今将军乃若是，是忌我也。将军其刻人哉！"或以告龙门子。龙门子曰："矢人何足责，儒亦有是也。"

有个制箭多年的匠人，所用的楛干纹理不直，所镶的翎羽轻重不当，所制的箭头很不锋利。但他却自以为得到名家真传，工艺精良，常常沾沾自喜，自我吹嘘。旁边有个人也奉承说："你的手艺确实不错，即使秦汉时造箭的名匠也没有胜过你的，不但没有胜过您的，而且恐怕比您差多了。您应该把自己的箭抬高价格出售。"这个造箭的人越发得意忘形。

恰好宋将军路过，拿过他的箭看了看，唾弃而去。造箭的匠人仍然不觉悟，还以为人家妒忌他！他怒气冲冲地说："有人曾经称赞我的箭可与秦汉时的好箭媲美，这话一点也不假。现在这位将军竟然这样对待我的箭，这是他忌妒我。将军是个刻薄的人啊！"

有人把这情况告诉了龙门子，龙门子说："造箭的人不值得深责，那些儒生也是这样啊。"

后人用"矢人自得"这个典故告诉人们，奉迎捧场的话好听，但它只能助长自己的缺点错误，于事毫无补益，反而有害！

矢人自得

仕数不遇

典出《论衡·逢遇篇》：昔周人有仕数不遇，年老白首，泣涕于涂者。

人或问之："何为泣乎？"

对曰："吾仕数不遇，自伤年老失时，是以泣也。"

人曰："仕奈何不一遇也？"

对曰："吾年少之时学为文。文德成就，始欲仕宦，人君好用老。用老主亡，后主又用武，吾更为武。武节始就，武主又亡。少主始立，好用少年，吾年又老。

是以未尝一遇。"

仕宦有时，不可求也。

从前，周朝有一个人几次想当官都没有碰到机会，后来年纪大了，头发也白了，走在路上痛哭流涕。

有人问他说："你为什么哭呀？"

回答说："我数次想当官都没有得到机会，自己哀伤年岁老了，失掉年华了，所以才在这里哭啊。"

又问他："做官为什么碰不到一次机会呢？"

回答说："我年轻的时候学习礼乐制度。等到礼乐教化获得成就，开始想担任官职了，可是君上却喜欢任用老成人。好用老成人的君王死去了，后主又偏爱武勇兵法，我便改习武勇兵法。等到武术兵法学习成功了，偏爱兵法武勇的君主又死去了。少主刚刚登基，又喜好任用少年，但我年岁却老了。所以一生不曾遇到一次当官的机会。"

担任官职是要碰机会的，不是可以强求的呀。

这则寓言，说的是"人主好恶无常，人臣所进无豫，偶合为是，适可为上。进者未必贤，退者未必愚，合幸得进，不幸失之"。在封建社会，只凭皇帝个人好恶来选用人才，往往会埋没人才。"合则遇，不合则不遇"，这表现出王充对现实黑暗不公的愤慨之情。看这位周人，学文学武，总跟着人君的好恶打转转，可以说是十足的"风派"了。

仕数不遇

可是年少之时，人君好用老；及至年老，人君又好用少年。这真是"仕宦有时，不可求也"。正因为如此，所以必须站得高一些，突破一般世俗的看法，因为"今俗人既不能定遇不遇之论，又就遇而誉之，因不遇而毁之"。有真才实学的，尚且如此遭遇，"况节高志好，不为利动，性定质成，不为主顾者乎？"遇不遇与贤不贤，是两码事。只要才高行洁，不要管他什么逢遇与否。

市道之交

典出《史记·廉颇蔺相如列传》：廉颇之免长平归也，失势之时，故客尽去。及复用为将，客又复至。廉颇曰："客退矣。"客曰："吁！君何见之晚也。夫天下以市道交，君有势，我则从君，君无势则去，此固其理也，有何怨乎！"

市道之交

廉颇是战国时的一位大将，赵国封他一个食邑，这地方叫长平。当时，廉颇有许多朋友，跟他很要好，同在一起饮酒作乐。不料后来赵王把他的职撤了，派了一个叫赵括的人代替他。那些朋友，马上跟他绝交，看也不看他一眼。过了许久，秦国有个大将白起，在长平把赵括打了一个大败，那里有一个杀谷，据说曾坑赵国降卒40万。这一役之后，赵王觉得廉颇总比赵括好，换了廉颇，赵兵不致惨败，于是，又重用他。于是，从前看也不来看他的朋友，又纷纷前来恭贺，向廉颇奉承。廉颇是个硬汉，见这情形，老大不高兴，马上下逐客令，其中一个，见他认真，便赔着笑脸，解释道："老朋友，何必大动肝火呢？其实朋友相交，跟做生意没有什么两样；要是有件货物，购入了可以赚一笔大钱的，谁个不买？反之，早知是冷门货，购进了连本也会折了的，谁去买它？做朋友就是这个道理啊！"廉颇听说，叹了一声道："这真是市道之交了！"

后来用"市道之交"形容以做买卖的手段交朋友，比喻势利。

是香是臭

典出《传家宝·笑得好》：有钱富翁于客座中偶放一屁，适有二客在傍。一客曰："屁虽响，不闻有一毫臭气。"一客曰："不独不臭，还有一种异样香味。"富翁愁眉曰："我闻得屁不臭，则五脏内损，死期将近，吾其死乎？"一客用手空招，用鼻连嗅曰："臭才将来了。"一客以鼻皱起，连连大吸，又以手掩鼻蹙额曰："我这里臭得更狠。"

一天，一个很有钱的富翁在客厅和两个客人叙谈，偶然放了一个屁。一个客人听见，忙说："您这个屁，声音虽响，却闻不到一丝一毫臭味。"另一个紧接着说："不仅不臭，还有一种异样的清香。"

富翁听了他们的话，立刻愁眉不展，悲伤起来，说："我听说，放屁不臭，那一定是体内五脏损伤，死到临头了。今天放屁不臭，莫非

是香是臭

我要死了吗？"

他的话音刚落，一个客人马上伸手在空中招了几下，用鼻连连嗅着说："臭味这才过来。"另一个客人皱起鼻子，狠狠地吸了几口，然后又用手掩住鼻子，皱着眉头说："哎呀，我这里臭得更厉害。"

后人用"是香是臭"这个典故讽刺那些喜欢溜须拍马，阿谀奉承，为了讨好别人而不顾事实、信口胡说的人。在他们看来，是非、曲直、美丑、好恶，好像没有什么客观标准，一切都以权贵者的意志为转移。

噬脐莫及

典出《左传》庄公六年：亡邓国者，必此人也。若不早图，后君噬脐，其及图之乎！图之，此为时矣。《封神演义》第四十二回："如若拒抗，真火焰昆冈，俱为齑粉，噬脐何及？"

春秋时期，有一次楚文王熊赀率军攻打申国（今河南省南阳市），路经邓国（今河南省邓州市），想顺便了解一下邓国的底细。邓国国君邓祁侯对大臣们说："他是我的外甥。"于是让楚文王住下，并设宴席，用好吃好喝招待他。

邓祁侯的另外3个外甥雅甥、聃甥、养甥请求邓祁侯趁此机会把楚文王杀掉，邓祁侯不答应，3个外甥说："将来灭亡邓国的必定是这个人。如果不趁早打主意，把他除掉，如果失掉这个良机，等到将来就像咬自己的肚脐一样，根本够不上，后悔也来不及了！下手杀掉他现在正是时候啊！"邓祁侯仍然不肯，他说："我若把他杀掉，恐怕以后人家会唾弃我，再也不敢到我这里吃我剩余的东西了。"3个人又劝说道："您如果不听我们3个人的话，国家就要灭亡，到了那个时候，您还能到哪里去得到剩余的东西呢？"邓祁侯始终不听3个外甥的建议。

楚文王早就怀有扩张侵略的野心，他并没有因为亲戚关系而放弃自己的扩张政策。在攻打申国回国的那一年，楚文王就下令大举攻打邓国。鲁庄公十六年，即公元前 678 年，楚文王又攻打邓国，终于把邓国灭掉。

成语"噬脐莫及"就是由以上记载形成的。意思是说，如同自己的嘴咬自己的肚脐一样，无法咬着。比喻后悔已晚，无法挽回，根本办不到。

噬（shì）脐：用嘴咬肚脐。这句成语也称作"噬肚何及"。

受宠若惊

典出《老子》第十三章：得之若惊，失之若惊，是谓宠辱若惊。

《老子》第十三章，是老子的人生论和政治论。主要论点是教人不要只顾个人利益。老子认为，人如果只顾个人利益，则得宠得辱、失宠失辱都要担惊受怕，而且给自己招来灾祸；只有抛却了个人利益，为天下人用尽自己的力量，才可以做天下的君长。

老子说：贵族的宠爱和辱，都会给人造成惊恐。留下大的灾难祸患，总是人的自身。为什么说宠和辱都会使人造成惊恐呢？宠是上等，辱是下等。人们得宠（怕失去），得辱（怕丢人），总是惊恐；失宠（怕不能重新得到），失辱（再来），总是惊恐。这就叫做宠和辱都是人的惊恐。

根据《老子》中的这些论述，人们从"宠辱若惊"一语演化出"受宠若惊"，形容受到赏识、表扬、称赞而感到惊奇和不安。

鼠窃狗盗

典出《史记·刘敬叔孙通列传》："此特群盗鼠窃狗盗耳，何足置之齿牙间。"

秦朝末年，人民大众不堪忍受秦王朝的残暴统治，暴发了以陈胜、吴广领导的农民大起义。以这一起义为先导，各地农民和六国的一些旧贵族纷纷掀起了反暴抗秦的斗争。

秦朝当时的统治者二世胡亥是一个昏庸无能的家伙：从东方回来的使者纷纷向他报告各地郡县农民起义的情况，可是丞相赵高谎称这些使者造谣，二世便把他们投进监狱。后来，农民起义的消息不断传进宫中，二世才召集了一帮子人询问情况。有些人照实说了，惹得二世勃然大怒。有一个叫叔孙通的人见此情景，便对二世说："现在天下一家，上有英明的天子，下有严厉的法律，各郡县都有称职的长官，百姓安居乐业，天下太平，谁还敢造反？各地有一些小偷小盗的，免不了，叫郡守、县尉把他们拿了办罪就是了，皇上何必担心。"二世一听高兴了，把说实话的下了监狱，叔孙通反而得了重赏。

从此以后，各地的起义风起云涌，秦王朝终于走上了灭亡的道路。

后人常用"鼠窃狗盗"指小偷小盗。

漱石枕流

典出《晋书·孙楚传》：楚少时欲隐居，谓济曰："当欲枕石漱流。"误云："漱石枕流"。济曰："流非可枕，石非可漱。"楚曰："所以枕流，欲洗其耳；所以漱石，欲厉其齿。"楚少所推服，惟雅敬济。

孙楚，字子荆，晋代太原中都（今山西平遥西南）人。祖父孙资，三国时在魏任骠骑将军，父亲孙宏，任南阳太守。孙楚才气过人，辞藻卓绝，豪爽狂放，性情骄傲，在乡里声誉不高。40多岁了，才混上一官半职。在职期间，同别人处不好关系，经常闹矛盾，晋武帝（司马炎）虽然不惩罚他，但也不重用他。晋惠帝（司马衷）初年，孙楚任冯翊太守。

当初，孙楚与同郡的王济（晋武帝时官至侍中、太仆，有才气）是好朋友。孙楚在青年时期曾经想要隐居，对王济说：“我想漱石枕流。”他本想说“枕石漱流”，不料误说成“漱石枕流”了。王济嘲笑说：“流不是可以枕的，石不是可以漱的。”孙楚狡辩说：“我之所以枕流，是想如同古代高士许由那样，用流水清洗自己的耳朵，洗掉人间的烦恼；我之所以漱石，是想磨砺我的牙齿。”孙楚很少佩服谁，只是很敬重王济。

“漱石枕流”就是从这个故事来的。人们用它形容隐居生活。

水落石出

典出汉无名氏《艳歌行》：翩翩堂前燕，冬藏夏来见。兄弟两三人，流荡在他县。故衣谁当补，新衣谁当绽？赖得贤主人，揽取为我绽。夫婿从门来，斜倚西北眄。语卿且勿眄，水清石自见。石见何累累，远行不如归。

这句成语的来源，一般人都以为出自苏东坡所写的一篇赋里的句子：“山高月小，水落石出。”但是苏东坡的句子是景物的描写，别无含意。

古代有一首《艳歌行》的乐章，歌词说：哥儿俩，流落在他乡。破旧的衣服没人补，新的衣服没人缝，有位好心的女雇主，替他们补衣又缝新。雇主的丈夫从门外来，见她缝缝又补补，靠在门边西张又北望，看她究竟在为谁忙。主妇道：“郎君呀，你何必向西张来朝北望？这件事儿的真相你总会一明二白地弄清楚。”“水落石出”这句话，实在是源出于这首歌中，不过是错将“水清石见”易为“水落石出”而已。

后人用“水落石出”比喻事情的真相终于大白。

水置座右

典出《旧唐书·文苑传上》：年少时，有人赍褚遂良书迹数卷以遗，若思唯受其一卷。其人曰："此书当今所重，价比黄金，何不总取？"若思曰："若价比金宝，此为多矣！"更截去半以还之。明经举，累迁库部郎中。若思常谓人曰："仕至郎中足矣。"至是持一石止水，置于座右，以示有止足之意。

唐代人孔若思，以学行知名。年少时，有人把著名书法家褚遂良写的数卷真迹送给他，孔若思只肯接受一卷。那个人说："这书法真迹是稀世珍品，价比黄金还贵，你为什么不全部收下？"孔若思说："既然价比黄金还贵，我留一卷已经过多了！"于是，又把那一卷书法真迹截去一半还给人家。孔若思被举荐为明经之士，屡次升迁，当了库部郎中。孔若思常对别人说："官至郎中，我就知足了。"他将一石静止不流的水放在座旁，以表示自己有知足之意。

"水置座右"就是从这个故事来的。唐代孔若思座旁常放一石静止不流的水，表示自己心如止水，知足无求。后人用"水置座右"表示没有过高的欲望，知足无求。

司空见惯

典出《本事诗·情感》：刘尚书禹锡罢和州，为主客郎中、集贤学士。李司空罢镇在京，慕刘名，尝邀至第中，厚设饮馔。酒酣，命妙妓歌以送之。刘于席上赋诗曰："高髻云鬟新样妆，春风一曲杜韦娘。司空见惯浑闲事，断尽江南刺史肠。"李因以妓赠之。

唐朝时候，有一个吟诗和作文章都很出色的人，名叫刘禹锡，他中了进士后，便在京做监察御史。因为他有个放荡不羁的性格，在京中受人排挤，被贬做苏州刺史。就在苏州刺史的任内，当地有一个曾任过司空官职的人名叫李绅，因仰慕刘禹锡的文名，邀请他饮酒，并请了几个歌妓来在席上作赔。在饮酒间，刘禹锡一时诗兴大发，便做了这样的一首诗："高髻云鬟新样妆，春风一曲杜韦娘，司空见惯浑闲事，断尽苏州刺史肠。""司空见惯"这句成语，就是从刘禹锡这首诗中得来的。

司空见惯

中华成语故事

这首诗中所用的司空两个字，是唐代一种官职的名称。从刘禹锡的诗来看，整句成语的意思，就是指李司空对这样的事情已经见惯，不觉得奇怪了。

后人用"司空见惯"比喻事情屡见不鲜，没有什么新奇的。

耸肩而行

典出《笑府》：一人穿新绢裙出行，恐人不见，乃耸肩而行。良久，问童子曰："有人看否？"曰："此处无人。"乃弛其肩曰："既无人，我且少歇。"

有一人穿了新的丝裙外出，生怕别人看不见，就耸着肩膀走路。过了一会，问身边的童子说："有人看吗？"童子说："这里没有人。"于是就把肩膀放了下来，说："既然没有人，我就稍微歇息一下。"

后人用这则寓言说明喜欢卖弄自己，恶习成癖，就像妓女卖弄风骚一样

令人讨厌。这种人，生活便是做戏。一生都在做戏，不曾真正生活过一天，难得"我且少歇"也。

宋有富人

聋肩而行

典出《韩非子·说难》："宋有富人，天雨墙坏。"其子曰："不筑，必将有盗。"其邻人之父亦云。暮而果大亡其财。

其家皆智其子，而疑邻人之父。

宋国有个有钱的人。天下大雨，把他家的墙壁冲塌了一块。他的儿子说道："不赶快修筑起来，一定会有小偷爬进来。"邻家的老大爷也这样警告他。

当天夜里，果真被盗贼偷走了大量的财物。

这个有钱人的家里都夸他的儿子有先见之明，却怀疑邻家的老大爷可能是个盗贼。

故事的形象意义却又远远超出了引述者的主观意图。宋人之子和邻人之父所说相同，都为事实证明是正确的，而一称智，一见疑。这说明什么？这说明"非知之难也，处之则难也"。这是韩非以法术之士说人主，通过实践而概括出的切身体会。在这个故事中道出了多少甘苦啊！我们试看，这位宋人称赞其子而怀疑邻父。为什么？只是因为一是自己的儿子，一是邻家的老大爷。只突出了亲疏之别，便泯灭了是非之分。可见一任私情泛滥，清明的理性便被淹没。

踏床啮鼻

典出《笑林》：甲与乙斗争，甲啮下乙鼻。官吏欲断之，甲称乙自啮落。吏曰："夫人鼻高耳，口低岂能就啮之乎？"

甲曰："他踏床子就啮之。"

某甲和某乙打架斗殴，某甲咬下了某乙的鼻子。官吏想对此事做出决断，某甲却称说是某乙自己把他的鼻子咬掉的。

官吏说："人的鼻子居于高处，口居低处怎么能咬到它呢？"

某甲说："他站到床上去就能咬到鼻子了。"

"踏床啮鼻"，强词夺理。一听说"鼻高口低"，立刻就编出"他踏床子"，反应倒是很快的，不过只循语义，不顾情实。

踏床啮鼻

这是典型的"强词夺理"。世之语义主义者，是否会从这则寓言故事中看到一点笑料呢？

昙花一现

典出佛教《法华经·方便品》：佛告舍利弗，如是妙法，诸佛如来，时乃说之，如优昙体花，时一现耳。

昙花（印度梵语"优昙钵花"的简称）是属于仙人掌科的一种植物，其老枝为圆柱形，新枝扁平，绿色，呈叶状。昙花都是夜间开，翌晨即萎，仅开数小时。

后人常将事物一出现很快就消失的现象称为"昙花一现"。

天气不正

典出《雪涛谐史》：一阃帅，寒天夜宴，炽炭烧烛，引满浮白。酒后耳热，叹曰："今年天气不正，当寒而暖。"兵卒在旁跪禀曰："较似小人们立处，天气觉正。"

尝闻古诗云："一为居所移，苦乐水相忘。"

有一个城防将军，在数九天举行夜宴。厅堂上烧起大盆炭火，点着明晃晃的蜡烛，酒斟得满满的，一大碗一大碗地喝着。酒后浑身发热，将军叹着气说："今年的天气不正常，现在应该冷了却还这么热。"他手下的兵士听了，向他报告说："我们站在门外，觉得天气正常得很呢！"

曾听得古诗上说："一为居所移，苦乐永相忘。"

这个故事讽喻了饱汉不知饿汉饥。

天下第一

典出《后汉书·胡广列传》：既到京师，试以章奏，安帝以广为天下第一。

在东汉有一位极有名气的大臣，他活了82岁，死的时候朝廷自公、卿、大夫到博士、议郎上下数百名官吏，为他送葬。朝廷送给他许多名位、荣誉：太傅、安乐乡侯，谥文恭侯，还封家中一人为郎中……史书上说，自汉兴以来像这样的盛况是从未有过的。

这位大臣是谁呢？他就是被汉安帝刘祜称为"天下第一"的胡广。

胡广少年时生活很苦，母亲死得很早，10多岁他就去当了个小官吏，挣钱谋生。他平时喜欢读书，爱好写诗，才学是不错的。

有一天，太守法雄的儿子法真回家看父亲，发现胡广挺有学问，人品也不错，就想推荐他去做官。法雄知道自己儿子是颇有眼力的，就叫他帮助选拔人才。

考试那天，法雄请来很多官吏，让大家考核。在应试的青年中也有胡广。法真一个人躲在窗外，从窗缝中秘密察看每一个人的情况。

考试结束后，法真对父亲说："胡广这个年轻人很不错，应该荐他去京师。"

胡广高高兴兴地来到京师，将自己的文章呈给了皇帝。

皇帝刘祜看过胡广的文章，赞不绝口：

"文章写得好呀，真是天下第一呀！"

胡广进京不到一个月，朝廷就封他为尚书郎，后来又升迁为尚书仆射。

到了汉顺帝的时候，皇帝要选立皇后。可是在皇帝的妃子中有 4 个都是他意中人，都受到他的宠爱，到底选哪一个才好呢？皇帝想来想去，也拿不定主意，最后决定卜卦让神灵来决定。胡广说："陛下，臣听说您要选立皇后，这可是一件严肃认真的大事，怎么可以祈求神灵呢？这种办法可是祖宗没有传下来的，典章上也不见记载。选立皇后应该以德行为标准，那才是符合祖宗的章法啊！"

"好吧！"皇帝被他说服了，最后选立了梁贵人为皇后。

后来，胡广又得罪了皇帝，几次被免罢职。他自从到朝廷做官，一共 30 多年，经历了 6 个皇帝，忽而高升，忽而免退，一履司空，再作司空，三登太尉，又为太傅。一时成为天下名士。

成语"天下第一"便是由此而来。后来人们用它形容人或事物好得谁也比不上。

投其所好

典出《太平广记》卷二百六十引《笑林》：有甲欲谒见邑宰，问左右曰："令何所好？"或语曰："好《公羊传》。"后入见。令问："君读何书？"答曰："惟业《公羊传》。"试问谁杀陈佗者。甲良久对曰："平生实不杀陈佗。"令察谬误，因复戏之曰："君不杀陈佗，请问谁杀？"于是大怖，徒跣走出。人问其故，乃大语曰："见明府，便以死事见访，后直不敢复来，遇赦当出耳。"

有这样一个人想去拜见县官，问县官身边的人："县太爷最喜欢什么？"有人告诉他说："喜欢《公羊传》。"后来这个人进去拜见。县官问他："你读过什么书？"这个人回答说："专门研究《公羊传》。"县官试着问杀陈佗的人是谁？这个人想了好一阵才回答说："我这一辈子实在没有杀过陈佗。"县官看出他回答得很荒谬，就又戏弄他说："你没有杀陈佗，请问是谁杀的？"于是这个人非常恐惧，光着脚跑了出来。别人问他光脚跑出来的原因，他还吹大话说："我去拜见英明的县太爷，他就拿杀人的事情查问我，以后我简直不敢再来了，只是碰上他赦免了我的罪，我才出来的。"

这篇寓言对那些在当官的面前投其所好，吹牛拍马，讨好卖乖的人，进行了尖锐的讽刺。

投其所好

菟裘归计

典出《左传》隐公十一年：羽父请杀桓公，将以求大宰。公曰："为其少故也，吾将授之矣。使营菟裘，吾将老焉。"

春秋时期，鲁国国君鲁隐公是其父鲁惠公的继室所生，照规矩是不能继承君位的。可是，鲁惠公死的时候，有资格继承君位的桓公（名允，鲁隐公之弟）年龄尚小，因此，只得立隐公为太子即位，让他当了国君。

鲁隐公十一年（公元前712年），是鲁隐公执政的第十一个年头，也是他执政的最后一年。这一年的某一天，鲁国大夫羽父要求隐公杀掉桓公，以使自己得到太宰的官职。隐公说："因为他过去年少的缘故，所以我才代为摄政，现在，我就要把君位交付给他了。我准备让人在菟裘这个地方营造房屋，晚年就在那里养老了。"

听了隐公的话，羽父感到很害怕，反过来又在桓公面前诬陷隐公，请求桓公杀掉隐公。这一年的十一月十五日，羽父派人刺杀了隐公。隐公的退身之计还没有来得及实施，就成为泡影了。

"菟裘归计"就是从这个故事来的。菟裘：鲁国邑名（今山东泰安县东南）。人们用"菟裘归计"比喻准备告老还乡，或退身、退隐等。

唾面自干

典出《新唐书·娄师德传》：师德长八尺，方口博唇。深沉有度量，人有忤己，辄逊以自勉，不见容色。尝与李昭德偕行，师德素丰硕，不能遽步，昭德迟之，恚曰："为田舍子所留。"师德笑曰："吾不田舍，复在何人？"

其弟守代州，辞之官，教之耐事。弟曰："人有唾面，洁之乃已。"师德曰："未也。洁之，是违其怒，正使自干耳。"

娄师德，字宗仁，唐代郑州原武人。唐高宗（李治）上元（674—676年）初年，娄师德任监察御史，适逢吐蕃侵扰边境，唐将刘审礼战死，娄师德奉命到洮河收集败逃的士兵，并招募猛士讨伐吐蕃，立下战功，被提升为殿中侍御史，兼河源军司马，并负责军队营田之事。武则天天授（690—692年）初年，娄师德任左金吾将军，他身穿皮裤，率领士兵屯田，积贮粮食数百万，军队吃用不乏，并节省转运粮食的费用。武则天很赞赏，下诏表示慰劳。武则天对娄师德说："军队在边境，必靠营田才可自给。可是您不要过于操劳了。"于是，又命他为河源、积石、怀远的军队和河州、兰州、鄯州、廓州的检校营田大使。

娄师德身长 8 尺，方口厚唇。为人深沉，很有度量，如果有人触犯了他，他就表示谦让，免于争执，怒意不形于色。他曾经与李昭德一起行走，娄师德长得很胖，走不快，李昭德嫌他走得慢，生气地说："都被你这个田舍郎把时间耽误了。"娄师德笑着说："我不种田，还有谁种田呢？"他的弟弟被任为代州都督，临别上任时，娄师德教他不论做什么事情都要有耐性。弟弟说："假如有人把唾沫吐在我脸上，我把它擦干就算了。"娄师德说："不对。您把唾沫擦掉，就是违背了别人的怒意，要让唾沫自行干掉。"

"唾面自干"就是从这个故事来的。人们用它表示逆来顺受，忍受侮辱，不与别人计较。

妄自尊大

典出《后汉书·马援传》：宾客皆乐留，援晓之曰："天下雌雄未定，公孙不吐哺走迎国士，与图成败，反修饰边幅，如偶人形。此子何足久稽天下士乎？"因辞归，谓嚣曰："子阳井底蛙耳，而妄自尊大，不如专意东方。"

公元 25 年，刘秀称皇帝（东汉光武帝）。不久，占据西南益州的豪强公孙述也在蜀地自称皇帝。占据西方天水等郡的豪强隗嚣想了解一下公孙述的动向和实力，就派自己手下的绥德将军马援前去探听虚实。马援奉命，到益州求见公孙述。他想，自己与公孙述是同乡好友，见面之后，双方握手言欢，叙谈友谊，这是情理之中的事。谁知公孙述警卫森严。履行一套烦琐的礼仪，让马援像朝见皇帝那样朝见他。最后，公孙述要拜马援为大将军，并封以侯位。

妄自尊大

听到这个消息，马援的宾客都劝他留下来。马援向他们解释道："现在天下胜负未定，公孙述不像周公那样一顿饭 3 次吐出口中的食物，停止吃饭迎接天下的贤士，唯恐失去天下士人之心。同他谈论天下成败大事，他却修饰衣着的边幅，把自己打扮得像个木偶一样，空有躯壳，没有灵魂。这个人怎能留住天下的能人呢？"马援辞别公孙述，回到天水，对隗嚣说："公孙述如井底之蛙，没有见过大世面，却狂妄地抬高自己。这个人靠不住，不如一心一意投靠刘秀为好。"隗嚣没有听从马援的劝告，发兵对抗东汉军。结果，他遭到了失败。

"妄自尊大"就是从这个故事来的。它的意思是指，自己狂妄地抬高自己。常用它形容狂妄自大的人。

唯我独尊

典出《长阿含经·大本经》：（释迦牟尼）一当其生时，从右胁（胁：从腋下至肋骨尽处）出，专念不乱。从右胁出坠地，行五步，无人扶持，遍观四方，举手而言："天上天下，唯我独尊。"

佛教始祖释迦牟尼（约公元前562—公元前483年），也称释迦文佛、世尊，姓乔答摩，名悉达多，是古印度北部迦毗罗国王净饭王的长子，母名摩耶。传说他29岁时入雪山修行6年，出山后，在迦耶山菩提树下悟出人世缘起、世间无常等各种道理，于是成佛。以后，他四出传教，80多岁时圆寂（死）。他有众多的弟子。

释迦牟尼一出生时就与众不同，是从母亲的右肋下出生的。生下来就有专一的信念，毫不混乱。他从母亲的右肋呱呱坠地以后，立即行走了5步，无须别人扶持。两眼炯炯有神，遍观四方，举手说道："天上天下，唯我独尊。"

"唯我独尊"就是从这个故事来的。它本是佛教推崇释迦牟尼的话。后来，人们用它形容极端自高自大，认为只有自己是最了不起的人。

无所不至

典出《论语·阳货》：其未得之也，患得之；既得之，患失之；苟患失之，无所不至矣。

有一次，孔子给他的学生讲应该和什么样的人共事时说："不要同品质低劣、庸俗鄙陋的人共事，因为这种人利欲熏心，贪得无厌，成天打个人的小算盘，为个人的得失绞尽脑汁。当他没有得到职位的时候，担心自己得不到：得到了职位后，又怕失掉；如果他怕失掉，就会无所不用其极，想方设法来保住既得的职位。"孔子说完之后，稍停了一下，然后告诫学生们："像这种得失心很重的人，千万不能和他共事。"

后人用"无所不至"来表示没有达不到的地方。这个成语包含贬义。

无物可取

典出《笑禅录》: 举: 或问龙牙："古人得个便休去？"牙曰："如贼入空室。"说：一盗夜挖入贫家，无物可取，因开门径出，贫人从床上呼曰："那汉子为我关上门去！"盗曰："你怎么这等懒？难怪你家一毫也没有！"贫人曰："且不得我勤快，只做倒与你偷？"颂曰：本来无一物，何事惹贼入；纵使多珍宝，劫去还空室。

后人用这则寓言说明"纵使多珍宝，劫去还空室"，统治阶级的巧取

无物可取

豪夺，使一些人产生了干不如不干、积攒家业不如两手空空的消极混世的想法。

蜗角虚名

典出《庄子·则阳》: 有国于蜗之左角者，曰"触氏"，有国于蜗之右角者，曰"蛮氏"，时相争地而战，伏尸数万，遂北旬五日，而后反。

战国时，魏惠王与齐国田侯牟结成联盟，后来田侯牟背叛了盟约，魏惠王非常气愤，打算派人去刺杀田侯牟，以此发泄心头的愤怒。公孙衍听说后对魏惠王说："大王身为一国之君，却采取一般百姓的报复手段，我真替大王感到惭愧。不如给我20万兵甲，攻打齐国，活捉他的老百姓，抢走他们的牛羊，使田侯牟一想到此事就浑身冒汗。在此之后再攻占他的国家，捉住他，鞭打他的背，折断他的骨头。"

季子在一旁听了，耻笑说："修筑一道10丈高的城墙，已经筑了7丈，又把它毁坏，岂不是有意劳累百姓吗？魏国有7年不打仗了，这是一件好事，是大王立国之本。公孙衍这个捣蛋的人，无端挑动战争，大王不要听他的。"

魏国朝廷的这场争论，被一个叫惠子的人听见了，他弄不清究竟取哪一种方法才对，就请教一个叫戴晋人的读书人。戴晋人先未直接回答他，而是说："蜗牛的左角有一个国家叫触氏，右角上有一个国家叫蛮氏，有一次两国为了争夺地盘而发生战争，双方大战了半个月，死亡好几万，一时间弄得遍地都是尸体。后来触氏国打胜，乘胜追击，占领了蛮氏国不少的地方。"

惠子听后，笑着说："哎，你也太夸张了，世界上哪有这样的事！"戴晋人解释说："事情虽然有些夸张，但道理是一样的。蜗角两国所争夺的地盘，在一个真正完美的人看来，也不过针尖大。他们完全是为了虚名在进行战争！"

惠子佩服地说："你的见解太新鲜了！"

蜗牛的角是很小的，后世以"蜗角"比喻极小的地方。"蜗角虚名"比喻人们微不足道毫无作用的名声。

袖手旁观

典出唐韩愈《祭柳子厚文》：不善为斫，血指汗颜；巧匠旁观，缩手袖间。

唐朝时候，有一位大文学家名叫柳宗元，字子厚，河东（今属山西）人，贞元（唐德宗）时中了进士，做到监察御史的官。后来因被同事牵连，贬到永州（今湖南零陵）做司马（官名），最后在做柳州刺史的任上去世。

柳宗元写的文章，既雅健而又雄深，发表的议论，像风势般奋发而深远；是一位博学和很有才能的人。当时的大文豪韩愈在柳宗元死后写了一篇极有名的《祭柳子厚文》，其中有这样几句："不善为斫，血指汗颜；巧匠旁观，缩手袖间。"这几句话的意思是说：不善于砍木的人，弄得满头大汗，指破血流；而巧熟的大匠偏偏拢着双手，站在一旁看着。韩愈对柳宗元的文采才华之美，颇为赏识，眼见他不见用于当世，成为一个缩手旁观的巧匠，终至默默无闻地死去，觉得十分不平，所以说了上面那几句颇有牢骚味的话。一个有学问、有本领的人没有发挥才能的机会，这是多么可悲可叹！

"巧匠旁观，缩手袖间"这两句话，后来被引申成"袖手旁观"，形容置身于外，不参与不过问，对于事情采取消极、被动、坐观成败的冷淡态度。

雪泥鸿爪

典出宋苏轼《和子由渑池怀旧》诗：人生到处知何似？应似飞鸿踏雪泥；泥上偶然留指爪，鸿飞那复计东西！

宋代时，著名文学家和诗人苏轼与他的弟弟苏辙曾到过渑池（今河南渑池县西），并在那里的一所寺院里住宿过。寺院里的老和尚奉闲殷勤地招待了他们。他们在寺庙里的墙壁上题过诗，苏辙（字子由）还写过一首《渑池怀旧》诗记述此事。

后来，奉闲老和尚去世了。苏轼从苏辙的诗又回忆起当年游渑池的情景，不觉感慨万分，便写了《和子由渑池怀旧》这首诗。全诗共 8 句：

人生到处知何似？应似飞鸿踏雪泥。

泥上偶然留指爪，鸿飞那复计东西！

老僧已死成新塔，坏壁无由见旧题。

往日崎岖还记否？路长人困蹇驴嘶。

这首诗的大意是说：人生在世，四处漂流，到这里，又到那里。偶然留下一些痕迹，你说像什么呢？我看像随处乱飞的鸿鹄，偶然在某处的雪地上落一落脚一样。飞鸿在雪地上留下一些爪印是偶然的，因为它飞来飞去没有固定的去处。老和尚奉闲已经去世了，他留下的只有一座藏骨灰的新塔。我已没有机会再去渑池那座寺庙中去看当年题过字的破壁了。这和飞鸿在雪地上留爪印差不多。当年去渑池的崎岖旅程还记得吗？路又远，人又疲劳，连骑的驴子也累得直叫唤。

后人用"雪泥鸿爪"比喻往事遗留的痕迹。

心在肩上

典出《笑得好》：一拳师教徒拳法曰："凡动手，切不可打人的肩上，若误打一拳，就要打死。"徒问："如何这等利害？"师曰："你还不知么？当初的人心，都在胸中，虽然有偏的，不过略偏些儿；而今的人，把自己的一个心，终日里都放在肩头上，若一拳打着他的心，岂不打死！"

后人用这则寓言说明把心放在肩头上，虽说是一种夸张性的语言，但确实比喻出了人心不古、人心惟危、人面兽心、人无良心的冷酷现实。"当初的人心"都在胸中，虽然有偏的，不过略偏些儿，或可设法医治、纠正；"而今的人"却把心放在肩头上，则胸上无心，完全变成没有人性的行尸走肉了。这样的人为什么还让他活着？正如作者在篇末"评列"中所说："或曰：'心在肩的人，就该打死，何必怜惜？'"师曰："这人不久就有恶死的果报，何必等我的拳打！"

曳尾涂中

典出《庄子·秋水》：庄子钓于濮水，楚王使大夫二人往先焉，曰："愿以境内累矣！"

庄子持竿不顾，曰："吾闻楚有神龟，死已三千岁矣，王巾笥而藏之庙堂之上。此龟者，宁其死为留骨而贵乎？宁其生而曳尾于涂中乎？"

二大夫曰："宁生而曳尾涂中。"

庄子曰："往矣！吾将曳尾于涂中。"

战国时代的庄子在濮水钓鱼。楚威王听说庄子贤达，想请他做卿辅，把管理国家的政务交给他。楚威王派两个大夫做使者，带着玉帛，到濮水边上去请庄周，说："大王要以国家政事让先生操劳了。"

庄子学识丰富，品德

曳尾涂中

高迈，主张清静寡欲，无为而治，本不愿意当官。所以，他手操钓鱼竿，连头也不回，说："我听说楚国有一只神龟，已经死了3000年了，楚王把它盛在盒里，覆之以巾，藏在庙堂之上，用它占卜国事，视为珍贵之物。请问两位大夫，对于这只神龟来说，是死后留下骨壳受到珍贵好呢？还是活着在泥中拖尾爬行好呢？"

两位大夫回答道："当然是活着在泥中拖尾爬行好。"

庄子说："两位请回吧！我愿活着拖着尾巴在泥中爬行。"

"曳尾涂中"就是从这个故事来的。涂：泥。曳：拖着。"曳尾涂中"的意思是，拖着尾巴在泥中爬行。人们用它形容自由自在的隐居生活。

欲为孤豚

典出《史记·老子韩非列传》：楚威王闻庄周贤，使使厚币迎之，许以为相。庄周笑谓楚使者曰："千金，重利；卿相，尊位也。子独不见郊祭之牺牛乎？养食之数岁，亦以文绣，以入太庙。当是之时，虽欲为孤豚，岂可得乎？子亟去，无污我。我宁游戏污渎之中自快，无为有国者所羁，终身不仕，以快吾志焉。"

战国时期，楚威王听说庄子很有才能，德行高尚，就派使者带着厚礼重金去聘请庄子，答应让庄子任楚相。庄子笑着对楚田的使者说："千金大礼，堪称重利了；卿相之职，堪称尊位了。可是，你没有见过郊外祭祀时使用的牺牛吧？用作牺牲品的牛，要用精良的饲料喂养数年，给它披着华美锦绣的外衣，恭恭敬敬地牵进太庙之中。当此挨宰之时，它虽想做一个离群索居的小猪，能够做到吗？你赶快走，不要污辱我。我宁愿当一个小猪在脏污的渠沟之中嬉戏以自乐，也不愿做一个掌握国家生杀大权的人而受到羁绊，我要终身不做官，自己想干什么就干什么，这岂不快乐！"

"欲为孤豚"就是从这个故事来的。人们用它指不愿当官，甘于隐居。

雁默先烹

典出《庄子·山木》：庄子行于山中，见大木，枝叶盛茂，伐木者止其旁而不取也。问其故，曰："无所可用。"

庄子曰："此木以不材得终其天年。"

夫子出于山，舍于故人之家。故人喜，命竖子杀雁而烹之。竖子请曰："其一能鸣，其一不能鸣，请奚杀？"主人曰："杀不能鸣者。"

明日，弟子问于庄子曰："昨日山中之木，以不材得终其天年。今主人之雁，以不材死。先生将何处？"

庄子笑曰："周将处乎材与不材之间。材与不材之间，似之而非也，故未免乎累。"

有一次，庄子在山中行走，见到路旁有一棵大树，枝叶茂盛。伐木人走到大树旁，看了看，却不砍伐它。庄子问伐木人为什么不砍伐这棵大树，伐木人回答道："这棵树的材料不中用。"庄子感叹地说："这棵树因为不成材才得以活下去啊。"

庄子出了山，住到一个老朋友家里，老朋友很高兴，叫童仆杀雁烹熟款待庄子。童仆请问道："一只雁能叫，另一只雁不能叫，杀哪一只呢？"主人说："杀那只不能鸣叫的雁。"

雁默先烹

第二天，弟子问庄子说："昨天山中的那棵大树，因为材料不中用而能够活下去。您的老朋友家里的那只雁，却因为不能叫而被杀掉了。请问先生，您将如何处世呢？"

庄子笑着说："我将处于有材与不材之间。有材与不材之间，似是而非，似乎妥当。但是，还会受到忧虑所累。"

"雁默先烹"就是从这个故事来的。人们用它表现消极躲避、全身远害的处世之道。

澄心堂纸

中国五代时的南唐，有位皇帝叫李煜，他长得文质彬彬，还最喜好诗词书画。他吟诗作画专用自己命名的"澄心堂纸"。

五代时，安徽池、歙二郡生产一种质地很好的纸。它幅面宽，长度可以随作画写字的需要剪裁，最长可达到50尺。纸面洁白光润，薄厚一致，深得书画家青睐。进贡到朝廷中，李煜也爱不释手，当做珍宝看待，并下令要二郡多生产这种好纸，供他使用。他又召专门官吏在金陵（现在的南京）皇宫内生产这种纸。等大批的纸张造出来，贮藏竟成了问题。此时李煜已经到了爱纸如命的地步，就下令把南唐第一个皇帝曾经读书、会客、批阅奏章的澄心堂腾出来，当做存纸的库房，并把这种纸命名为"澄心堂纸"，一时间全国上下都以见到这种纸为荣了。

莼羹鲈脍

典出《世说新语·说鉴》：翰因见秋风起，乃思吴中菰菜、莼羹、鲈鱼脍，说："人生贵在适志，何能羁宦数千里以要名爵乎！"遂命驾而归。

晋代有一个人叫张翰，字季鹰。他曾多年在洛阳任齐王司马炯的属官，官职不高，难以施展抱负。又因官府诸事繁杂，颇多不顺心之处。加之他预见到司马炯将要垮台，恐累及自己，便想避祸退隐。

他曾对同郡人顾荣说："现在天下战乱纷纷，祸难不断。凡有名气的人都想退隐。我本是山林中人，对官场难以适应，对时局又很绝望。看来，也该防患于未然，考虑一下以后的事了。"然而要断然放弃眼前的功名利禄也不是很容易的事，他迟迟未作出最后的决定。

一年秋天，季鹰在洛阳感受秋风阵阵，似乎带来了泥土的芬芳，他突然产生了强烈的思乡之绪。接着，他又回忆起家乡吴地莼菜羹和鲈鱼脍等佳肴美味，更觉得乡情无法排遣。于是，他自言自语地说："人生一世应当纵情适意。既然故乡如此值得留恋，我又何必定要跑到几千里之外，做这一个受拘束的官儿，去博取什么名位呢？"接着他毫不犹豫地到齐王那里辞了官，千里驱车，回到了自己的故乡。

就在季鹰辞官回乡不久，齐王司马炯因谋反被杀，他手下的人纷纷受到牵连，有好些人还丢掉了性命。只有张季鹰幸免于难，人们都称赞他有先见之明。

后人用"莼羹鲈脍"或"季鹰思归"等典故形容人不追求名利，凡事顺乎自然。或用以形容人对家乡的思念之情。

从事督邮

典出《世说新语·术解》：桓公有主簿善别酒，有酒辄令先尝。好者谓"青州从事"，恶者为"平原督邮"。青州有齐郡，平原有鬲县。"从事"言"到脐"，"督邮"言在"鬲上住"。

晋代桓温（312—373年）字元子，曾任荆州刺史，后来当了大司马，很有威权。桓温属下有一个负责文书簿籍、掌管印鉴的主簿，善于辨别酒的好坏，凡是有酒，就让他先尝。凡遇到好酒，他就称之为"青州从事"，劣酒称为"平原督邮"。因为青州有齐郡，"齐"同"脐"谐音，意思是说，好酒喝下去，可以直到脐。平原有鬲县，"鬲"同"膈"谐音，意思是说，劣酒喝下去，酒气只能达到膈。

"从事督邮"就是从这个故事来的。人们用它分别指美酒、劣酒。用"青州从事"表示好酒，用"平原督邮"表示劣酒。

登楼清啸

典出《晋书·刘琨传》：在晋阳，尝为胡骑所围数重，城中窘迫无计，琨乃乘月登楼清啸，贼闻之，皆凄然长叹。中夜奏胡笳，贼又流涕嘘欷，有怀土之切。向晓复吹之，贼并弃围而走。

刘琨（270—318年），字越石，晋代中山魏昌（今河北无极）人，是晋代有名的将领。

有一次，刘琨出兵晋阳，被胡人的骑兵团团围住，城中的形势十分危急。这时，刘琨乘着月光登上了城楼，发出清亮的长啸之声。胡人的骑兵听了，都感到很凄凉，长叹不已。半夜时，刘琨又弹奏胡笳，胡人的骑兵们不禁痛哭流涕，唏嘘不止，强烈地思念自己的故乡。拂晓时，刘琨再次吹奏胡笳，其音悲切感人，胡人的骑兵再也

登楼清啸

待不下去了，纷纷放弃对晋阳城的围困，撤走了。

"登楼清啸"就是从这个故事来的。它的本意是，登上城楼，发出清亮的长啸之音。人们用它形容战将镇定自若、从容退敌的风度。

东坡作弊

自古以来，无论考试的关防怎样严密，只要有考试，就必然有舞弊，就连宋代的大文豪苏东坡也曾替朋友作过弊！

据《鹤林玉露》记载：苏东坡在宋神宗元丰年间任主考官，恰巧他的朋友李方叔参加这次科举考试。快要锁院开考的时候，苏东坡叫人给李方叔带来一封信，碰巧李方叔外出，那封信却被也去应试的章持和章援两兄弟偷偷拆开了，一看里面是一篇文章，叫"扬雄贤于刘向论"。于是，这两兄弟就把它塞在身上带入考场。

考试开始了，李方叔没有拿到苏东坡的文章，只好交白卷出场，章持和章援两兄弟却依照苏东坡那篇文章的大意，先打好稿子，等到密封的题目送到，打开一看正是苏东坡那篇文章的题目，他们就高兴地写了起来。

到拆卷放榜的那一天，苏东坡心里想，第一名一定是李方叔，揭开糊名条一看却是章援，第十名文章跟章援的气势相同，一看是章持，苏东坡大吃一惊，不知何故。

这虽然是传说，未必是真实情况，但历代科考中弊病百出却是实情，因此引起了许多人的不满。清代文学家蒲松龄考了一辈子竟一辈子不中，愤而写出不朽之作《聊斋志异》，其中就有很多篇是嘲讽科考的。

斗酒学士

典出《新唐书·王绩传》：王绩，字无功，绛州龙门人。性简放嗜酒。高祖武德初，以前官待诏门下省。故事，官给酒日三升，或问："待诏何乐邪？"答曰："良酝可恋耳！"侍中陈叔达闻之，日给一斗，时称"斗酒学士"。

唐代王绩，字无功，绛州龙门（今山西河津西）人。他性情傲慢，举止放任不拘，特别喜欢喝酒。唐高祖（李渊）武德（618—626年）初年，王绩以从前所任官职的身份，在门下省（官署名）待诏。按照以往的惯例，官府每天供给待诏的人3升酒，王绩也不例外。有人问他说："王待诏高兴什么呀？"王绩回答道："美酒使我恋恋不舍呢！"门下省的长官陈叔达听到这个消息，便破例每天给王绩一斗酒喝，当时人都把王绩称作"斗酒学士"。

"斗酒学士"就是从这个故事来的。人们用它指喜欢饮酒的文人。也可用它借指性情高傲、举止狂放的文人。

斗酒学士

二酉藏书

我们赞扬某人读书多、学问大，往往用"学富五车、书通二酉"来形容。这"二酉"是什么意思呢？

在湖南省沅陵县西北有座二酉山，山上有个二酉洞。洞外附近4块石头上刻着"古藏书处"4个大字。洞内钟乳石鳞次栉比，姿态万千。传说在秦始皇焚书坑儒时，京城咸阳有两个儒生携带着一批书籍逃难，他们遇路乘车，逢水坐船，千辛万苦逃到此山，把书深藏在这隐秘的山洞里。刘邦建立汉朝以后，这两位书生便把所有1000多卷简册带到京城，使这些宝贵书籍重见天日。人们无不称赞"二酉藏书，功德无量"。在此，"书通二酉"是赞扬某人对二酉洞那么多藏书都精通了的意思。

富翁戴巾

典出《笑林》：财主命牧童晒巾，童晒之牛角上。牛临水照视，惊而走逸。童问人曰："见一只载巾牛否？"

有一个财主让牧童替他晒头巾，牧童把它晒在牛角上。

牛戴着头巾走到水边去照看，受惊跑掉了。

牧童见了人就问："可看见一只戴大头巾的牛吗？"

后人用这则寓言说明："此牛自知分量，胜却主翁多许。迩来术士闲汉，无不戴巾者，巾反觉有穷相，不若滂头（阔）帽子冠冕。"大概就是这则故事的寓意吧。

古墨飘香

墨是我们祖先在很早以前就创造出来的文化用品和工艺品，它对我们古老文化起到了积极的促进作用。人们还将那些专门用墨来写字绘画、抒发聪明才智的文人称为"墨客"。可是墨是由烟料加上胶制成的，不能保存太长的时间，因此要考察墨什么时候，由哪位发明家发明的就非常困难。相传是位叫邢夷的人最早发明了墨。

邢夷生活在2700年前的周宣王时代。有一天，他干完活来到溪边洗手，看见水中漂浮着一块被火烧成的木炭，邢夷顺手将它拾起来，可一看自己的双手，已经染上黑黑的颜色。邢夷灵机一动：要是用它来写字，既鲜明又省事，那该有多好啊！于是他赶忙跑回家中，把木炭捣成碎末，用水和成墨汁。字倒是可以写出来，但是用手一抹，写在绢上的字又掉了（那时还没有发明纸张）。邢夷并不气馁，天天琢磨着怎样才能让它又好用又可以牢牢粘在绢子上。他干活时想，吃饭休息时也想，有一天吃饭的时候。夫人把米粥端上来，不小心洒到桌子上一些，米汤稠稠的，像是要凝固了一般。邢夷一拍脑门："对呀！用米汤做成墨块，问题就解决了啊。"

果不其然，邢夷把木炭用米汤和好，再拿手搓成圆形或是长条形的墨块，用时蘸上水在石头上或者瓦片上磨几下，黑黑的墨汁就流出来。最古老的墨就这样制成了。

秦朝时，墨已经比较多地用在写字和日常生活中。秦朝还制定了一种刑法，叫"墨刑"，是在犯人的脸上刻字，然后用墨涂在刻字的地方。时间一长，黑墨就留在肉里，犯人走到哪儿，人们都能辨认出来。

汉代出现了一位造墨高手叫田真，他造的墨使起来刚柔相济，得心应手。陕北一带是产墨最多的地方，古人诗词中也常常把墨称作"喻糜"。三国时期有一位大书法家叫韦诞，他在研习书法的同时，总结了制墨工匠的宝贵经验，亲手造出超乎寻常的好墨，皇帝很器重他，赐给韦诞很多好纸、好笔，再加上自己造的墨，可以尽情地写字、题诗、作画。

唐代以后，墨不仅成为文人的必备品，还成为赠友、收藏的艺术品。为了美观，人们在墨上题诗、绘画，进而制成墨模，大量生产各种式样、各种图案、各种用途的墨。在这样的环境下，制墨业就在中国应运而生了。

宋、元、明、清几个朝代，我国的墨越做越精，并且漂洋过海，传到世界各地，充当着文化的友好使者。安徽省徽州地区则成为中国墨的最重要产地，"徽墨"因此名扬天下，成了中国墨的象征。

归遗细君

典出《汉书·东方朔传》：伏日，诏赐从官肉，大官丞日宴不来，朔独拔剑割肉，谓其同官曰："伏日当早归，请受赐，即怀肉去。"大官奏之。朔入，上曰："昨赐肉，不待诏，以剑割肉而去之，何也？"朔免冠谢。上曰："先生起，自责也。"朔再拜曰："朔来朔来，受赐不待诏，何无礼也？拔剑割肉，壹何壮也；割之不多，又何廉也；归遗细君，又何仁也！"上笑曰："使先生自责，乃反自誉。"复赐酒一石，肉百斤，归遗细君。

汉武帝宰了几头牲口，准备把肉赐给他的随从吃。东方朔听了武帝这个命令，便不管别人，自己拔出剑来，劈了一大块拿回家去。看守这些肉的人，不敢阻止。只得将这事告诉给武帝。武帝心里不高兴，

归遗细君

便叫东方朔来，问他："你为什么不多等一会儿，等到叫你拿的时候再去拿呢？"东方朔是个很滑稽的人，他不慌不忙地说："你既然是赐给群臣的，而我又亲自听到了，还用得着叫我去领才去领吗？这算不得是无礼。我见了肉，不等别人来割，自己拔剑来劈，这才是壮士的本色啊！"汉武帝和群臣听了都笑起来。东方朔接着说："我把肉拿回家去，留给妻子来吃。这又充分表示我的爱。既不失礼，又有壮士的本色和感情，这没有什么不对吧！"汉武帝听了便没有再说什么。

后来人们把"归遗细君"比喻赠送财物给别人。

海上沤鸟

典出《列子·黄帝》："海上之人有好沤鸟者，每旦之海上，从沤鸟游，沤鸟之至者，百住而不止。其父曰：'吾闻沤鸟，皆从汝游，汝取来吾玩之。'明日之海上，沤鸟舞而不下也。"

在那遥远的海岸上，有个很喜欢海鸥的人。

他每天清晨都要来到海边，和海鸥一起游玩。海鸥成群结队地飞来，有时候竟有 100 多只。

后来，他的父亲对他说："我听说海鸥都喜欢和你一起游玩，你乘机捉几只回来，让我也玩玩。"

第二天，他又照旧来到海上，一心想捉海鸥，然而海鸥都只在高空飞舞盘旋，却再不肯落下来了。

后人用"海上沤鸟"这个典故告诉人们：诚心才能换来友谊，背信弃义将永远失去朋友。此外，我们从另一个角度来看，也给人以这样的启示：主观愿望并不等于客观事实。好鸥者从海鸥游，这是主观想法，实际上海鸥并不从好鸥者游。往日好鸥者不接近海鸥，海鸥即落下，今日好鸥者要捉海鸥，海鸥就盘旋不下来。可见主观愿望，并不是客观事实。

濠上之乐

典出《庄子·秋水》：庄子与惠子游于濠之上。庄子曰："鲦鱼出游从容，是鱼之乐也。"惠子曰："子非鱼，安知鱼之乐？"庄子曰："子非我，安知我不知鱼之乐？"惠子曰："我非子，固不知子矣；子固非鱼，子也不知鱼之乐全矣！"

庄子和惠子都是战国时的哲学家。庄子主张"无为"，崇尚自然。就是说，人无须改造自然，只要顺应它就行了。惠子主张"合同异"，即认为事物之间都有差别，都是相对的同一。由于两人的认识不同，所以常常发生争论，两人都抓住对方的漏洞进行攻击。他俩在濠上的争论就是很有意思的。

一天，庄子和惠子携手来到濠水的桥上。此时正是桃红柳绿的春天，暖风轻拂，莺歌燕语，春意盎然。桥下碧波荡漾，清澈见底，一条条银白色的鲦鱼紧贴着水中的石底，从容自在地游来游去。当庄子和惠子的影子倒映在水中，鲦鱼似乎是视而不见。庄子禁不住赞叹道："啊，它们是多么的快乐，你看鲦鱼游的样子！"惠子一听，连忙抓住话头说："你不是鱼，怎么知道鱼快乐呢？"庄子一听，仰头哈哈大笑，说："好，你说得好！但你不是我，怎么知道我不了解鱼的快乐？"惠子冷冷地笑，说："我不是你，所以不知道你心里的感受；但你不是鱼，你又怎么知道鱼的感受呢？"庄子

濠上之乐

转过身，望着惠子说："这就不对了！你最初不是问我'怎么知道鱼快乐呢'吗？既然询问我，就说明我是知道的。否则，你为何这样问呢？"

惠子忍不住笑起来，庄子真会诡辩，抓住了"怎么知道鱼快乐呢"这句话，既可表示疑问，又可表示反问，就偷换了概念！

后人用"濠上之乐"形容从容不迫地出游。

渐入佳境

典出《晋书·顾恺之传》：恺之每食甘蔗，恒自尾至本。人或怪之。云："渐入佳境。"

顾恺之（341—402年），字长康，晋代晋陵无锡（今江苏无锡）人，东晋的著名画家。

顾恺之性情风趣、幽默，喜欢开玩笑。由于他博学多才，开玩笑时往往说出一些既幽默又耐人寻味的话，令人回味无穷。顾恺之每次吃甘蔗，总是从梢吃起，逐渐吃到根，这同许多人的吃法正好相反，所以有人感到困惑不解，问他为什么要这样吃。顾恺之回答道："这是逐渐进入佳妙的境地。"

"渐入佳境"就是从这个故事来的。佳境：美好的境界。人们用"渐入佳境"比喻兴味逐渐浓厚。也可用"渐入佳境"比喻情况逐渐好转。"渐入佳境"，也作"渐至佳境"。

江山之助

典出《新唐书·张说传》：说敦气节，立然许，喜推藉后进，于君臣朋友大义甚笃。帝在东宫，所与秘谋密计甚众，后卒为宗臣。朝廷大述作多出其手，帝好文辞，有所为必使视草。善用人之长，多引天下知名士，以佐佑王化，粉泽典章，成一王法。天子尊尚经术，开馆置学士，修太宗之政，皆说倡之。为文属思精壮，长于碑志，世所不逮。既谪岳州，而诗益凄婉，人谓得江山助云。

唐代人张说，字道济（也有人说字说之），武则天永昌元年（689 年），朝廷选拔贤良方正之士，张说在对策中名列第一，被授予太子校书郎，升迁为左补阙。唐中宗（李显）即位后，张说任中书侍郎兼雍州长史，后又监修国史。唐睿宗（李旦）即位后，张说任宰相。

张说为人气节敦厚，乐于助人，对别人的请求，慨然应允。他喜欢提拔后进之人，不论在君臣之间，还是在朋友之间，他都很遵守大义。唐睿宗在东宫同张说秘密评论、物色许多人才，后来这些人都成为皇帝亲近的大臣。朝廷里的重要文件大都出自张说之手。唐睿宗爱好文辞，写了什么诗文，一定请张说看草稿。张说善于用人之长，引用许多天下名士，辅佐皇帝治理天下，修饰润色典章制度，成为统一的王法。皇帝崇尚经术、开馆安置学士、学习唐太宗的政策治理天下等，都是张说倡导的结果。张说写文章构思巧妙精当，善于撰写碑志一类的文章。同时代的文人谁也赶不上他。当他被贬到岳州时，写出的诗文更加凄恻哀婉，动人心肺。人们都说，他的诗文得到了江山的帮助。

"江山之助"就是从这个故事来的。人们用它指壮丽的自然环境可以激发人的文思诗兴，写出好的作品。

江山之助

叫花童鸡

杭州名菜馆"楼外楼"除了西湖醋鱼外，还有杭州煨鸡、龙井虾仁等。其中杭州煨鸡俗称叫花童鸡，即烧鸡。这道菜的来历还有个有趣的传说。

以前有个叫花子从农家偷了一只鸡，但是他没有炊煮的工具，于是想出了一种特殊的烧煮法。整只鸡一毛不拔，只是从肛门处开一个小洞，从洞中取出鸡的内脏，然后用湿泥涂抹鸡的全身，放在火上烧烤，等湿泥全部烤干后一剥泥壳，鸡毛也会跟着剥落，如此一来就可以食用了，芳香可口，别具风味。用这种方法做出来的鸡叫煨毛鸡，又因为最先是叫花子想出来的办法，所以又称为叫花童鸡。

现在楼外楼杭州煨鸡的做法是将煨毛鸡的做法加以改良。首先将肥鸡去毛，取出内脏清洗后，将虾、肉、葱、香料、酒和酱油等调味品塞入鸡腹中再缝合，接着在鸡身上抹上一层猪油，用莲叶包起来，然后在莲叶外又涂一层湿泥，用炭火烧烤6个钟头左右，即可剥去泥壳上桌了。

金针度人

在七夕节乞巧活动中，历史上广泛流传着一个"金针度人"的故事。

唐朝时，有位姓郑的人家生了女儿名叫郑采娘。这女儿自小就聪明伶俐，心灵手巧。长大后，更是贤淑端庄，十分可人。采娘从小就喜欢做针线活，挑花、刺绣都很精通。她做出来的东西，手工精巧，质量上乘，深得四邻妇女的称赞。然而，采娘总觉得自己的功夫还欠佳，缺少某种技巧。有一年七夕夜晚，她和母亲在香案上摆了供品，恭恭敬敬地跪在地上，对着天边的织女星祈祷，祈求织女赐给她做针线的绝技。

晚上，采娘入睡后，做了个梦。梦见下了场瓢泼大雨，雨中走来一位身穿七彩衣的仙女。仙女走到采娘的床前，对她说："采娘，我是天上的织女。我见你做针线很用心，特地把这枚金针送给你。3天后，你就会得到做针线活的绝技了，不久，还可以变成男子。但3天内，不准对任何人提及此事，否则，便前功尽弃。"织女说完后，便隐身不见了。

采娘醒来后，见床头果然有一根一寸长的金针，插在一张白纸上。她激动万分，把金针藏了起来。可是，彩娘天生心直口快，心里装不下秘密。她憋了两天后，忍不住把这事告诉了母亲。她母亲也十分好奇，便让她把金针拿出来看看，采娘把金针拿出来后，发现只剩下一张白纸，纸上仍有针痕，但金针已不翼而飞。

采娘还是没有得到针法绝招。但她死后，依仙女的话又托生变成了个男孩儿。

此后，"金针度人"便成为一个典故流传下来，比喻对人传授某种秘法绝招。

君王象棋

宋太祖赵匡胤没有当皇帝时曾到处闯荡。有一次他走到华山，遇见隐士陈抟。陈抟邀请赵匡胤下象棋，棋走到一半，陈抟在子力上处于绝对劣势，但他却说："这局棋我虽已处劣势，但有转败为胜的手段。"赵匡胤不信，陈抟便说："要是我赢了，有朝一日你要是做了皇帝，就把华山给我。"赵匡胤想，自己一介武夫，怎么能做皇帝呢？就爽快地答应了。赵匡胤后来果然做了皇帝，就为陈抟在华山盖了道观，并免除了华山一带百姓的赋税。

清康熙皇帝爱下象棋。有一次到塞外打猎，与一名侍卫对弈，形势不大妙，康熙帝愁眉不展。一位善于揣摩上意的太监心生一计，对康熙帝说："那边发现了老虎，还是先打猎要紧。"康熙帝一听转忧为喜，临走时对侍卫说："你在此等候，朕猎完虎再接着与你下。"康熙皇帝兴冲冲地走了。可怜那侍卫因未奉圣旨，不敢擅离，只好在那里呆守着棋局。过了几天，经人提醒康熙帝才想起此事。派人去看时，那侍卫已在原地冻饿而死了。

清末，慈禧皇太后垂帘听政。一次，慈禧太后同一个太监下象棋。那太监要吃慈禧的一匹马，于是战战兢兢地说："奴才大胆，杀老祖宗这只马。"不料慈禧勃然大怒，说："我杀你一家子！"于是立刻叫人把这个太监拖出去，乱棍打死了。

孔群好饮

典出《世说新语·任诞》：鸿胪卿孔群好饮酒。王丞相语云："卿何为恒饮酒？不见酒家覆瓿布，日月糜烂！"群曰："不，尔不见糟肉乃更堪久。"

鸿胪卿孔群很爱喝酒。丞相王导劝告他说："你为什么经常喝酒呢？你看，酒店里那些覆盖酒罐的布，一天天地霉烂了！"孔君回答说："不，你没看

孔群好饮

见浸在酒糟里的肉，不是能够保存更长的时间么？"

这个故事说明：喜欢给自己护短的人，总是要强词夺理，想方设法为自己辩解的。

口吻生花

典出《云仙杂记》引《白氏金锁》：张祜苦吟，妻孥唤之不应，以责祜。祜曰："吾方口吻生花，岂恤汝辈！"

唐朝诗人张祜，一次正在苦心吟诗。妻子呼唤他，他诗兴正浓，不予理睬。妻子不高兴了，责备张祜。张祜说："我正在口吻生花，怎么能应酬你呢！"

"口吻生花"就是从这个故事来的。人们用它比喻吟诗得意，兴趣浓厚。

刘伶鸡肋

典出《晋书·刘伶传》：尝醉与俗人相忤，其人攘袂奋拳而往。伶徐曰："鸡肋不足以安尊拳。"其人笑而止。

晋代名士刘伶生性放荡不羁，无所用心。而又性情高傲，唯与阮籍、嵇康等名士交往。刘伶酷爱饮酒，常常喝得酩酊大醉。有一次，他喝醉了，同一个粗俗的人发生冲突，那个人捋袖举拳走过来动武，刘伶慢吞吞地说："我的鸡肋似的瘦骨头承当不了您的拳头。"那个人被逗笑了，立即住了手。

"刘伶鸡肋"就是从这个故事来的。人们用它戏指身体瘦弱，不堪一击。

梅花屋主

典出《明史·王冕传》：（王冕）携妻孥隐九里山，树梅千株，桃杏半之，自号梅花屋主，善画梅，求者踵至，以幅长短为得米之差。

明朝初年，有一个著名画家、诗人，叫王冕，字元章，诸暨（今浙江省诸暨市）人。王冕在小时候，家境十分贫寒，没有钱上学读书，终日给家里放牛。他求知若渴，看到别人的孩子上学读书，心中很是羡慕。放牛时，他偷偷溜进学堂，听学生读课本，直到傍晚才回家。有一次，由于听书入了迷，把牛丢失了。父亲气得用棍子打他，可是以后他仍然坚持听学生读书。母亲心疼了，对父亲说："儿子读书如此入迷，为什么不想办法叫他读书呢？"于是，王冕获准去借住寺庙，夜晚坐在佛像膝上，就着长明灯读书。当时，会稽（今浙江绍兴）有一个有学问的人，叫韩性，他听说后很惊奇，就收王冕做弟子，教他读书。结果，王冕成了通晓经史的儒家学者。可是，王冕官运不佳，几次应试都没有考中。这位有才华的人，终日吟诗作画，寄情于山水之中。

王冕带着妻室儿女隐居在九里山（今江苏徐州市北），栽种梅树千株，还有 500 棵桃树、杏树，自称"梅花屋主"。王冕善画梅，向他求画的人接连不断，王冕以画幅长短来决定获取报酬的多少。

"梅花屋主"就是从这个故事来的。它本是王冕给自己起的称号，可用它指称喜爱花卉的画家、文人等。

梅花屋主